L'HÉRITIÈRE DES OMBRES

Collection

alli-bi

Conçue et dirigée par
Yvon Brochu

L'HÉRITIÈRE DES OMBRES

Wilma E. Alexander

Traduit de l'anglais par
Julie Adam

Données de catalogage avant publication (Canada)

Alexander, Wilma E.

L'héritière des ombres

(Collection Alli-bi)
Traduction de: Old coach road.
Pour les jeunes de 10 à 12 ans.

ISBN 2-7625-8160-5

I. Titre. II. Titre: Old coach road. Français. III. Collection.

PS8551.L473O414 1995 jC813'.54 C95-941223-9
PS9551.L473O414 1995 PZ23.A43He 1995

Old Coach Road
Texte copyright © 1987 Grolier limited
publié par Overlea House

Sous la direction de Yvon Brochu
R-D création enr.

Illustration couverture : Benoît Laverdière
Réviseure-correctrice : Christine Deschênes

Dépôts légaux : 1er trimestre 1996
Bibliothèque nationale du Québec
Bibliothèque nationale du Canada

ISBN : 2-7625-8160-5
Imprimé au Canada

LES ÉDITIONS HÉRITAGE INC.
300, rue Arran, Saint-Lambert (Québec) J4R 1K5
(514) 875-0327

Cette traduction a été rendue possible grâce à une subvention du Conseil des Arts du Canada.

Les éditions Héritage inc. bénéficient du soutien financier du Conseil des Arts du Canada pour son programme de publication.

Chapitre 1

Le vent d'automne sifflait furieusement au sommet de la colline, et les feuilles mortes claquaient contre les fenêtres de la vieille maison. Cette nuit-là, Sara Isabella Flynn entendit sonner les clochettes mystérieuses.

C'était la veille de son douzième anniversaire, et Sara s'était blottie sous sa courtepointe pour observer la tempête. Elle avait toujours habité cette vieille maison et ne se souvenait pas d'avoir eu d'autre chambre à coucher que celle du rez-de-chaussée, qui donnait sur le terrain arrière. Elle adorait l'ancienne demeure aux planchers craquants, sa chambre avec un foyer en marbre tout fendillé et le verger qu'elle pouvait voir de sa fenêtre.

Soudain, l'obscurité fut déchirée par des éclairs éblouissants, qui illuminaient le vieux pommier noueux et découpaient ses branches noires contre le ciel argenté. « Comme des doigts qui s'agrippent à moi », pensa Sara en frissonnant de délice. Mais il fallait dormir à présent et cesser de se raconter des histoires d'épouvante. Quand elle se réveillerait, ce serait son anniversaire.

En fait, lorsqu'elle se réveilla, il faisait encore nuit. La tempête s'était apaisée, et son lit était traversé d'un rayon de lune blanc. Quelque chose l'avait réveillée. Un bruit. Une rumeur faible et voilée, qui semblait pourtant emplir l'air nocturne. Comme si des clochettes tintaient au loin.

Des clochettes ? Mais qui pouvait bien faire sonner des clochettes à cette heure de la nuit ? Peut-être Simon, son tannant de petit frère ? Ce serait bien son genre de lui jouer un tour pareil le jour de son anniversaire.

Elle se précipita à sa fenêtre en pensant apercevoir sa petite figure cachée contre le sol. Tout était immobile dans le vieux verger, qui s'étendait jusqu'au bas de la colline. Pas le moindre bruissement de feuilles. Le clair de lune baignait la nuit de lumière, mais Sara ne vit personne.

Elle retourna dans son lit. Le sommeil la gagnait peu à peu lorsqu'elle entendit de nouveau les clochettes. Cette fois, elle resta tout à fait immobile, incapable de bouger. Elle se sentait légère comme une plume, comme si son corps flottait dans les airs. Le son des clochettes se répandit dans la chambre, puis elle sentit une odeur particulière, comme celle d'une fleur ; une odeur fine, douce et nette à la fois.

Couchée dans son lit, clignant des yeux, elle se demandait si elle était en train de rêver. La ballerine de son affiche, au-dessus du foyer, semblait briller d'une lumière violette. Puis l'image s'estompa, se transforma, pour faire place à une dame en robe jaune. Le parfum floral devenait de plus en plus suffocant. Les clochettes résonnaient encore dans ses oreilles, puis s'évanouirent au loin. Sara replongea dans son sommeil.

Le lendemain matin, elle se rua au pied du lit et examina minutieusement son affiche. C'était la même image que d'habitude : une ballerine vêtue d'un tutu jaune vaporeux.

— C'est à donner la chair de poule, marmonna-t-elle. Quel rêve étrange...

Elle enfila son survêtement vert, de la même couleur que ses yeux, tout en essayant de se rappeler son rêve. Puis elle se souvint que c'était son anniversaire et fila à toute allure jusque dans la cuisine.

— Joyeux anniversaire, Sara ! entonna la famille en chœur pendant qu'elle se glissait à table.

Elle bâilla un « merci » en jetant un coup d'œil ensommeillé aux cadeaux qui entouraient son assiette.

— Eh bien ! Tu bâilles le jour de ton anniversaire ? plaisanta son père, qui prenait sa dernière cuillerée de céréales. J'imagine que tu seras trop fatiguée pour fêter aujourd'hui.

— J'ai à peine dormi, répondit-elle d'un ton plaintif en avalant son jus d'orange. Vous n'avez pas entendu les clochettes qui sonnaient dans le verger cette nuit ? Ça m'a réveillée, mais j'ai rien vu.

Elle regardait fixement Simon, le soupçonnant encore d'avoir manigancé quelque chose.

— C'est pas moi, grommela aussitôt Simon, qui avait bien compris le sens de son regard. J'ai rien entendu. Peut-être qu'un voleur a essayé de s'introduire ici !

Ses yeux marron, à demi cachés sous une frange raide de cheveux bruns, étincelaient de curiosité. Il mâchait sa rôtie bruyamment.

Ni l'un ni l'autre n'avaient remarqué que leur père avait soudainement cessé d'étendre sa marmelade sur sa rôtie. Son couteau immobile au-dessus de l'assiette, il lança un regard à sa femme avant de se tourner vers Sara.

— Ce n'était pas ton imagination débordante qui faisait encore des siennes, n'est-ce pas, Sara ?

— Absolument pas. Je dormais, et c'est le bruit qui m'a réveillée.

— Eh bien, tu dois être une grande fille maintenant, Sara, si tu as entendu ces clochettes.

— Tu veux dire que tu sais ce que c'était, papa ? Mais pourquoi les autres n'ont-ils rien entendu ? Qu'est-ce que c'est ?

Sara en oubliait son déjeuner.

— Je crois qu'il est temps de vous raconter une petite histoire de famille.

Monsieur Flynn s'installa confortablement sur sa chaise, joignit le bout de ses doigts et jeta à ses enfants un regard de professeur pardessus ses lunettes à monture noire — exactement comme s'il se préparait à donner un cours d'histoire à ses élèves. Sara et Simon se regardèrent en levant les yeux au ciel.

« Le voilà lancé, encore une fois, pensait Sara. Au secours ! » Elle implora sa mère du regard. Mais madame Flynn, grassouillette et joyeuse dans son sarrau de peintre orné de perroquets vert et orangé, se contenta de sourire affectueusement et continua à trier le courrier.

— Il y a environ cent cinquante ans, cette maison était une auberge. La diligence arrêtait régulièrement ici pour changer de chevaux.

— Vraiment ? fit Simon, qui semblait très intéressé malgré lui.

Il regarda autour de lui d'un air émerveillé.

— Mais pourquoi arrêter ici, papa ? interrompit Sara. Cette route ne mène nulle part, elle finit au sommet de la colline.

— Aujourd'hui, la route finit devant la maison, mais autrefois elle descendait tout le long de la colline, jusqu'à la rue en bas, et rejoignait la route de York.

— York ? Où c'est, York ? Jamais entendu parler de ça, marmotta Simon, qui commençait déjà à perdre de l'intérêt.

— Ça s'appelle Toronto maintenant, espèce de nul, dit Sara d'une voix impitoyable. Tu ne connais rien à rien !

Simon lui envoya un coup de pied sous la table et se tourna vers son père.

— Ah, la vieille route, dit-il en acquiesçant de la tête ; c'est là qu'on va glisser l'hiver. Ouais, toute une affaire ! La diligence... Le lieu parfait pour un vol à main armée !

— Mais je ne vois pas le rapport avec les clochettes qui tintent dans la nuit, poursuivit Sara. Veux-tu dire que la vieille route est hantée ?

— Pas vraiment hantée. (Son père pesait soigneusement ses mots.) On dit que certains événements du passé laissent parfois leur trace. Cette maison appartient à notre famille depuis l'époque où la diligence empruntait la vieille route. Il arrive de temps à autre qu'un membre de la famille entende les clochettes qui étaient fixées aux harnais des chevaux, en automne généralement. Moi-même je les ai entendues, mon père les a entendues, et maintenant c'est à ton tour, Sara.

— Et moi ? se lamenta Simon. Moi aussi, je fais partie de la famille, à ce que je sache !

Monsieur Flynn sourit tendrement à son fils :

— Tu es trop jeune, Simon. Attends ton tour.

— Huit ans, c'est trop jeune pour tout ce qui est intéressant, grogna Simon.

Sara était restée assise sans bouger. Elle se rappelait les tintements entendus la nuit précédente. Oui, ça pouvait bien ressembler à un bruit de clochettes fixées à un harnais. Mais comment expliquer les changements de l'affiche ? Et le parfum ? S'agissait-il de traditions familiales aussi ?

— Papa ?

Elle allait lui poser la question, mais un petit frisson lui secoua le dos jusqu'aux épaules. Elle se ravisa. Elle n'était plus certaine de vouloir en savoir plus sur ces échos du passé !

— Hé, Sara! Est-ce que tu déballes tes cadeaux?

La voix de Simon interrompit brusquement le cours de ses pensées.

— Je meurs d'envie de savoir ce qu'il y a dans ces boîtes, répondit-elle.

Ce n'était pas tout à fait vrai. En fait, elle en connaissait déjà le contenu. Dès qu'elle voyait un paquet, elle devinait ce que c'était. Ce curieux don, en plus de gâcher la magie des Noëls et des anniversaires, la mettait mal à l'aise, si bien qu'elle feignait toujours la surprise en ouvrant ses présents.

Déchirant le papier de la plus grosse boîte, elle sembla parfaitement étonnée d'apercevoir des chaussons de danse roses à rubans de satin.

— Oh! Merci maman! Je les essaie tout de suite.

Elle entreprit de délacer ses chaussures,

mais Simon commençait à s'impatienter sur sa chaise.

— Dépêche-toi d'ouvrir l'autre, Sara, après je vais te donner le mien. En tout cas, tu devineras jamais celui-là!

En deux temps, trois mouvements, l'emballage était défait.

— Une cassette du *Lac des cygnes*! Merci, papa. Avec des chaussons de danse, tu ne pouvais pas mieux tomber. Maintenant, je peux être la Princesse des cygnes!

Comme Simon prenait la boîte qu'il avait dissimulée sous sa chaise, Sara y jeta un coup d'œil et dit aussitôt à son frère:

— Le chaton va s'étouffer si tu ne le sors pas de là!

Le visage de Simon se décomposa.

— Ah, Sara. Comment tu as deviné? Je voulais te faire une surprise. Tu es pas drôle, tu devines toujours.

Il lui tendit la boîte d'un air contrarié. Sara souleva le couvercle.

— Le beau minet! fit-elle en le cajolant doucement.

Elle serra la petite boule de fourrure blanche sur son épaule. Sa minuscule bouche rose émit un faible «miaou» et le chaton se pelotonna contre Sara.

— C'est une idée formidable, Sim. Où l'as-tu dégoté?

Simon se défit de l'étreinte de sa sœur d'un geste embarrassé, tout en affichant une certaine fierté.

— La chatte de Peter a eu des petits, mais il y en avait seulement un qui était tout blanc. Il m'a coûté une semaine de mon salaire de camelot. Dis, maman, est-ce que je peux prendre la cape noire? Je vais aller à la vieille route. J'espère trouver une diligence à dévaliser. Sara, j'aurais besoin de ton masque noir. Papa, je peux prendre la vieille épée qui est accrochée au-dessus du foyer?

— Bien sûr, mon chéri, murmura madame Flynn, absorbée dans sa paperasse.

— Il n'en est pas question, trancha son père d'un ton ferme. Cette épée appartenait à mon ancêtre. Tu trouveras certainement des bouts de bois dans l'ancienne écurie. Fabrique-toi une épée.

— Bon, d'accord, mais une vraie épée ferait mieux l'affaire. Viens, Sara, j'ai besoin de ton masque.

Elle rassembla ses cadeaux.

— Un petit frère, c'est pas un cadeau, soupira-t-elle.

— Sauf quand ils vous donnent un petit

chat, rétorqua Simon en grimaçant un sourire.

Madame Flynn remit leur courrier à son mari et à sa fille.

— Je dois travailler au studio toute la journée. La galerie Palmer veut présenter mon exposition le mois prochain, et j'ai pris du retard dans mes travaux.

Elle se dirigea à pas traînants vers son studio, situé derrière la cuisine.

Monsieur Flynn se retira dans son bureau pour lire son courrier, pendant que Sara et Simon débarrassaient la table, mettaient le lave-vaisselle en marche et versaient du lait pour le chaton.

— Viens, Sim, dit Sara en installant son chaton tout près du bol de lait. On va chercher ton masque.

Il la suivit jusqu'à sa chambre. Après avoir mis tous ses tiroirs sens dessus dessous, elle trouva enfin le fameux masque. Simon le posa sur son visage et se composa un air menaçant devant le miroir.

— Comment vas-tu appeler le chat, Sara? Boule de Neige, ce serait un beau nom.

— Boule de Neige? fit-elle avec dédain. Sim, tu manques totalement d'imagination. Je trouverai sûrement quelque chose de mieux.

Maintenant, fais de l'air!

Simon disparut, et Sara troqua son survêtement pour le tutu blanc qu'elle portait lors des récitals de ballet. Le maillot de satin ajusté et les jupes de gaze légères seyaient bien à sa silhouette mince. Elle s'observait dans le miroir, insatisfaite, pivotant d'un côté puis de l'autre. Maintenant qu'elle avait douze ans, n'était-elle pas censée avoir des formes plus rondes?

Elle brossa ses longs cheveux bruns d'un geste lent et régulier, tout en soupirant. Ses cheveux étaient bien trop raides. Au moins, ils étaient brillants, se consola-t-elle en les rassemblant en couronne sur sa tête. La Princesse du *Lac des cygnes* méritait bien une coiffure royale, après tout. Toute une princesse, d'ailleurs, avec un gros nez et une tache de naissance en forme de papillon dans le cou... Elle toucha du doigt la petite marque rouge. Certains jours, le papillon était à peine visible, légèrement rosé, mais aujourd'hui il semblait flamboyer d'un vilain rouge foncé.

Princesse Sara Isabella. Pouah! Quel nom pour une princesse. Elle le détestait. Troisième Sara Isabella dans la lignée familiale, elle aurait préféré que ce nom s'éteigne avec la première femme qui l'avait porté. Elle aurait pu s'appeler Nadia ou Cindy, ou enfin n'importe quoi de plus courant, non ? Peut-être Debbie ? Debbie, c'était si raffiné : rien à voir avec un nom démodé comme Sara.

En prenant ses nouveaux chaussons et sa cassette, elle remarqua l'enveloppe oubliée sur le lit. Il y avait le mot *Vancouver* sur le cachet de la poste. Elle décacheta la lettre à l'aide de sa lime à ongles et vit qu'il s'agissait d'une carte d'anniversaire accompagnée d'un chèque de cinquante dollars.

— Youpi ! De l'argent ! s'exclama-t-elle. Je vais envoyer une lettre de remerciement à super mamie.

Le mot « arrière-grand-mère » avait été impossible à prononcer pour Sara lorsqu'elle était encore toute petite. Elle avait préféré l'appeler « super mamie », et ce surnom lui était resté.

Monsieur Flynn leur parlait souvent de sa grand-mère, mais la dernière fois que Sara l'avait vue, Simon était encore un bébé. « Je me demande de quoi elle a l'air maintenant », pensait-elle en grimpant l'escalier en courbe qui donnait sur un long corridor au deuxième étage. Elle fit quelques exercices d'échauffement, se servant de la rampe comme barre de danse, puis fit jouer sa cassette. Les accords obsédants du *Lac des cygnes* se répandaient aux quatre coins de la maison.

Les bras levés vers le ciel, Sara tournoyait le long du corridor, absorbée par la musique. Elle se déplaçait comme un papillon blanc, allait et venait d'un pas léger en suivant le crescendo, jusqu'à ce que la dernière note s'évanouisse enfin.

Elle était tout en sueur, essoufflée mais contente d'elle-même ; elle s'enroula une serviette autour du cou et remplaça ses chaussons par des sandales et des jambières de tricot, puis descendit à la cuisine. Elle se prépara un copieux sandwich — le samedi, chacun préparait son dîner — et se versa un verre de lait. Tout à coup, la porte s'ouvrit brutalement.

Une petite silhouette menaçante, drapée d'une cape noire et coiffée d'un chapeau à large bord, venait d'apparaître et pointait vers Sara une épée de bois rudimentaire. Une plume délicate retombait devant les yeux marron qui pétillaient de malice à travers un masque noir.

— La bourse ou la vie ! dit le bandit d'une voix grave en brandissant l'épée.

D'un geste théâtral, Sara tomba à genoux et joignit les mains.

— Oh, s'il vous plaît, monsieur, supplia-t-elle. Ayez pitié ! Je ne suis qu'une pauvre petite fille et je n'ai pas d'or sur moi.

— Quoi ! Aucune pièce d'or ? s'écria le bandit de grand chemin. Alors, tu le paieras de ta tête !

Juste au moment où il levait son épée, la plume lui chatouilla le nez et le fit éternuer. Sara s'empara de l'arme.

— Déjà revenu, Sim ? Pas de diligence à dévaliser ?

Simon ôta son masque et son chapeau.

— Bof, rien d'intéressant sur la vieille route. Et puis, je commençais à avoir faim. Qu'est-ce que tu dirais de me faire un bon sandwich ?

— Fais-le toi-même, rétorqua Sara. Aujourd'hui, c'est ma fête, et de toute façon, j'ai des choses importantes à faire.

Cueillant au passage un chandail et son chaton, elle fila sans bruit vers le verger et s'arrêta devant son pommier préféré. C'était un vieil arbre aux branches tordues, que personne n'entretenait plus. Mais ce pommier se parait encore d'une multitude de fleurs au printemps, et ses grosses branches feuillues offraient un refuge idéal lorsque Sara voulait être seule. Elle passait des heures, haut perchée sur la fourche de l'arbre, à lire ou à rêver en croquant des pommes vertes quand il y en avait.

Elle posa le chaton sur une branche voisine et se plongea dans son roman. Le chat, vite lassé de cette tranquillité, descendit doucement en s'agrippant au tronc et partit à la chasse aux feuilles.

— Qu'est-ce que j'aperçois là ?

La voix, qui venait d'en bas, ramena Sara à la réalité. Des yeux sombres, étincelants dans un visage rond aux joues rosées, l'observaient attentivement. Les branches se mirent à trembler, agitées par la jeune fille potelée qui grimpait à l'arbre pour rejoindre Sara.

— Je suppose que c'est du dernier cri en fait de costume d'anniversaire ? taquina-t-elle en dénouant une masse de boucles noires qui s'étaient accrochées à une petite branche. Je me demande au juste si tu t'en vas donner un récital de danse, marcher dans les bois ou prendre une douche.

Le visage de Sara s'empourpra. Jen était sa meilleure amie et elles habitaient le même quartier depuis la maternelle, mais il y avait des jours où elle avait le don de l'irriter — particulièrement ces derniers temps.

— J'ai simplement oublié de me changer, marmonna-t-elle.

— Tiens, j'allais oublier. Bonne fête !

Jen sortit un paquet de la poche de sa

veste rouge. La boîte était emballée dans du papier bleu garni d'étoiles d'argent. Sara prit le cadeau, le tint un instant à bout de bras, posa sa main sur son front et ferma les yeux.

— Je vois un flacon de parfum, prononça-t-elle lentement d'une voix chantante. Parfum, parfum, parfum !

Jen hocha la tête.

— Je t'avertis, Sara Flynn, ça colle pas avec moi, tes histoires de magie. Si tu devines mon cadeau, c'est simplement parce que tu peux le sentir. Tu m'en feras pas accroire !

Sara poussa un soupir et défit l'emballage. Jen ne croirait donc jamais à son don. Elle déboucha le joli flacon bleu foncé et respira profondément. L'arôme lourd et sucré la fit presque éternuer. L'odeur n'avait rien de comparable avec le parfum doux et subtil de son rêve.

— Ça sent drôlement fort, remarqua-t-elle en s'étouffant. Merci, Jen.

— Je l'ai acheté à rabais, dit Jen avec fierté. Il attire les garçons presque automatiquement. Tu ne l'essaies pas ?

— Qui a dit que je voulais attirer les garçons ?

Sara était de mauvaise humeur parce que Jen avait critiqué son habillement et que le parfum ne lui plaisait pas vraiment. Mais elle se ressaisit et en appliqua un petit peu sur son cou.

— Tiens, mets-en toi aussi, continua-t-elle en aspergeant généreusement son amie. Maintenant, on sent la même chose. Allons à la maison, il faut que je me change avant d'aller au cinéma.

* * *

Un peu plus tard, elles entraient au cinéma, les bras chargés de maïs soufflé et de bonbons.

— Moi, si ma mère ne travaillait pas, j'aurais une vraie grosse fête pour mon anniversaire, pas seulement un film au cinéma et un souper, dit Jen.

— Ça me convient parfaitement. D'ailleurs, ma mère travaille, contrairement à ce que tu crois. C'est une artiste peintre.

— Oui, mais c'est pas la même chose. C'est pas du vrai travail, rétorqua Jen. Ma mère, elle, a un travail important à l'hôpital. Elle est infirmière en chef.

Sara serra les dents. Décidément, Jen était parfois impossible. Elle était sur le point de lui faire une remarque tout à fait inappropriée pour un jour d'anniversaire, mais le film commença.

Heureusement, l'humeur de Jen était plus gaie à la sortie du film. Les deux copines flânaient tranquillement dans la rue principale, s'arrêtant ici et là pour faire du lèche-vitrine.

— Comment est-ce qu'on se sent quand on est presque adolescente, Sara? J'aimerais tellement être rendue là, tout de suite!

— Je ne sens rien de particulier. Après tout, ça fait seulement quelques heures que j'ai douze ans. Tu me le demanderas dans six mois.

— Tu pourrais bien avoir un petit ami dans six mois, gloussa Jen avec espièglerie.

— Non mais, tout de même, Jen, reviens-en des garçons! Ça ne m'intéresse pas... en tout cas, pas encore.

Jen fit la moue, puis changea de sujet.

— Qu'est-ce qu'on mange pour ton souper d'anniversaire?

Elle était clouée sur place devant une vitrine de gâteaux à la crème.

— Du poisson frit avec des frites.

Jen regarda son amie, bouche bée.

— Du poisson frit! Tu me fais marcher. Tu n'avais pas le choix, je suppose?

— C'est mon choix, plutôt, répondit Sara d'un air insouciant. J'adore ça, et on n'en mange presque jamais. Au fait, il faut passer les prendre en chemin.

— Je me serais attendue au moins à du rosbif.

— Si tu n'en veux pas, personne ne t'obligera à en manger, taquina Sara en souriant malicieusement. Simon sera très content de prendre ta part.

— Oh ! je vais en prendre. Mais j'espère qu'il y aura un gâteau.

— Ma mère est justement en train de le faire.

— Oh ! oh ! murmura Jen, si elle nettoie ses pinceaux en même temps, le gâteau pourrait bien goûter la térébenthine.

Sara feignit de ne pas l'entendre. Elle n'avait pas l'intention de se chicaner avec Jen le jour de son anniversaire.

Elles entrèrent chez le marchand de fritures, une petite boutique tout embuée qui sentait le poisson frit à plein nez. Monsieur Bean, le visage rougi par la chaleur et le ventre bedonnant recouvert d'un grand tablier blanc, leva vers elles un visage souriant, tout en continuant à surveiller la friture.

— Joyeux anniversaire, Sara ! lança-t-il d'une voix forte en secouant un grand panier de frites.

Chacune prit une grosse boîte enveloppée d'une épaisse couche de papier journal, et les deux amies repartirent aussitôt. Le temps était devenu frisquet, et elles tenaient leur gros paquet chaud bien collé contre elles.

Elles marchèrent d'un pas rapide jusqu'au bas de la colline, puis empruntèrent le petit sentier sinueux de l'ancienne route de la diligence, qui montait jusqu'à la maison des Flynn. Elles auraient pu continuer un peu plus loin et prendre le grand escalier de bois qui menait à la rue située en haut de la colline, mais elles préféraient gravir l'ancienne route, aujourd'hui cahoteuse et complètement envahie par l'herbe.

Tout le monde les attendait pour se mettre à table. Après le repas, madame Flynn apporta le gâteau, qui suscita des applaudissements d'admiration. Des cygnes blancs voguaient sur une mer de glaçage rose. Des feuilles vertes et des fleurs blanches formaient une couronne tout autour du gâteau, et chacune portait en son centre une bougie rose vif. Jen était si impressionnée qu'elle en oublia sa remarque sur la térébenthine.

Ce n'est qu'après le départ de Jen que monsieur Flynn leur annonça une nouvelle pour le moins étonnante : l'arrière-grand-mère Flynn allait habiter chez eux, pour un temps indéterminé.

— C'est quoi, un temps indéterminé ? demanda Simon.

— Qui sait ? répondit son père. Elle est vieille et se sent seule, et cette maison était la sienne autrefois, alors je suppose qu'elle aimerait y passer le reste de ses jours. Curieux, tout de même : elle n'a jamais été du genre sentimental.

— La pauvre, dit madame Flynn, je vais donner une réception pour elle. Elle voudra peut-être s'inscrire au Club de l'âge d'or.

— N'y compte surtout pas, chérie. Je vous avertis, ce sera un gros changement pour chacun de nous. Super mamie m'a élevé, et je l'aime beaucoup, mais elle a sa vision des choses bien à elle. Laura, elle va sans doute venir te déranger dans ton studio. Et elle n'est plus habituée aux enfants, alors tu devras être plus tranquille, Simon. Et toi, Sara, tu vas probablement devoir lui laisser ta chambre. Il nous faudra tous faire un effort.

Plus tard, dans son lit, Sara se tournait et se retournait, incapable de dormir. Mille pensées tourbillonnaient dans sa tête. Il y avait tant de changements ! Elle avait douze ans maintenant. Super mamie allait vivre avec eux. Faudrait-il vraiment qu'elle laisse sa chambre ? Sa vie serait si différente... Et par-dessus le marché, Jen, sa meilleure amie, commençait à lui tomber sur les nerfs.

Prenant soin de ne pas réveiller son chaton, elle s'enroula dans sa courtepointe et sortit par la fenêtre à pas de loup. Elle alla se blottir dans le pommier. Pour retrouver sa tranquillité d'esprit, rien ne valait ce petit château, d'où elle admirait le clair de lune. Mais ce soir-là, ce fut peine perdue. Elle se mit plutôt à guetter le son des clochettes qui l'avait réveillée la nuit précédente, mais seule la rumeur lointaine de la ville, qui montait du bas de la colline, parvint à ses oreilles.

Chapitre 3

— Sara, il faut que tu te décides maintenant. Ta chambre doit être libérée avant que les meubles de super mamie arrivent ici. Nous ne pouvons pas préparer sa chambre tant que tu n'enlèves pas toutes tes affaires.

Laura Flynn était en haut de l'escalier. Ses yeux bruns, ordinairement souriants, n'étaient pas très gais ce jour-là. Madame Flynn regardait sa fille d'un air impatient. Sara était recroquevillée sur le rebord de la fenêtre, le menton sur ses genoux pliés. Elle faisait la moue, le visage caché sous un écran de cheveux.

— Mais maman, si je déménage dans une chambre à l'étage, je pourrai plus sortir par la fenêtre pour aller dans le verger la nuit.

— Tu n'as qu'à sortir par la porte comme tout le monde. De toute façon, je ne suis pas sûre que ce soit une bonne idée de te promener toute seule la nuit.

— Tu pourrais te faire attraper par quelqu'un ! cria Simon, le nez pointé hors de sa chambre.

— Toi, mêle-toi de tes oignons et ferme-la ! rétorqua Sara.

— Simon, cesse de taquiner ta sœur. Qu'y a-t-il, Sara ? Je te trouve bien irritable aujourd'hui.

Au bord des larmes, Sara se tourna vers sa mère.

— Je comprends pas pourquoi je devrais laisser ma chambre. Il y a un tas de pièces vides en haut. Pourquoi super mamie prendrait la mienne ?

— Nous te l'avons déjà dit et redit, ma chérie. Quand super mamie vivait ici, elle couchait dans ta chambre, et c'est là qu'elle veut retourner. Elle est vieille, il ne faut pas trop la contrarier. Sans compter qu'elle n'est pas censée monter d'escaliers, sa faiblesse au cœur...

Elle ne termina pas sa phrase, les yeux rivés à la fenêtre :

— Regardez-moi ce beau ciel ! Un ciel parfait pour mon nouveau paysage. En mélangeant un peu d'ocre avec du bleu d'azur, j'obtiendrai à peu près le même effet.

Elle se dépêcha de descendre l'escalier,

tout en avertissant Sara d'une voix ferme.

— Tu te décides *maintenant*, Sara. Dès que ton père arrive, nous déménageons tes affaires.

À contrecœur, Sara descendit du rebord de la fenêtre. « C'est comme ça, j'ai pas le choix, pensa-t-elle, mais c'est pas juste. »

La chambre de ses parents était au bout du corridor ; à côté se trouvait le « repaire » de Simon, comme il l'appelait. Il restait trois pièces vides, deux qui donnaient sur la rue et une voisine de la salle de bain. Elle les examina toutes attentivement. Il y avait la salle de couture de sa mère — qui ressemblait plutôt à un débarras où chacun remisait les objets qu'il ne voulait pas jeter mais ne savait pas où ranger. La deuxième pièce était plus accueillante, avec son beau lit de cuivre et les deux fenêtres donnant sur l'immeuble où vivaient Jen et sa mère. C'était la chambre d'amis, où dormaient les invités. Enfin, la troisième pièce, qui faisait l'angle de la maison, se trouvait à côté de la chambre de Simon. « Sûrement pas le voisin idéal pour bien dormir », grommela-t-elle. Toutefois, cette pièce offrait une très jolie vue de la colline et de l'ancienne route de la diligence. Il y avait un immense lit à baldaquin, avec des colonnes de noyer sculptées. Un jour, un antiquaire avait proposé de l'acheter, mais monsieur Flynn avait refusé de s'en séparer. « Ça doit être aussi vieux que l'Arche de Noé », songea Sara. Dans le coin, près de la fenêtre, se trouvait une coiffeuse ancienne avec un petit miroir au cadre orné de chérubins.

Sara aimait beaucoup ces meubles anciens, mais la chambre avait quelque chose de bizarre. Dès qu'elle y était entrée, elle avait été secouée de frissons désagréables. Malgré le soleil automnal qui baignait la pièce d'une lumière dorée, l'air y était étrange et froid. Sara frissonna de nouveau et sortit précipitamment de la pièce. La chambre avec le lit de cuivre serait beaucoup mieux, décida-t-elle. Et puis, Jen et elle pourraient peut-être se faire des signes de leur fenêtre !

Un claquement de porte se fit entendre du rez-de-chaussée : c'était son père qui revenait du bureau. Sara descendit aussitôt à la cuisine, où sa mère lavait des feuilles de laitue.

— Eh bien, ma chérie, pourrais-tu mettre la table ? Nous allons d'abord manger, et ensuite organiser ta chambre. Laquelle as-tu choisie finalement ?

— *La chambre avec le lit à baldaquin !*

En entendant ces mots, Sara eut un mouvement de stupeur. Avait-elle vraiment dit cela ? Mais qu'est-ce qui lui avait pris ? Ce n'était pas sa voix ordinaire. C'était comme si quelqu'un avait parlé à sa place, avait mis ces mots dans sa bouche !

Elle voulut se reprendre et dire : « Non, je voulais dire la chambre avec le lit de cuivre », mais son père et Simon entrèrent à cet instant et tout le monde se mit à parler en même temps. Elle n'arrivait pas à prononcer sa phrase, comme si une main invisible lui bâillonnait la bouche.

« Bof, qu'est-ce que ça peut bien changer, au fond », songea-t-elle d'un air maussade en posant les ustensiles sur la table. Un choix ou l'autre, c'était du pareil au même si elle ne pouvait pas garder sa chambre actuelle.

Le téléphone sonna au moment où ils terminaient le repas. Simon courut répondre et cria du vestibule :

— C'est pour toi, Sara ! C'est Jen !

— Ne reste pas accrochée au téléphone toute la soirée, dit monsieur Flynn. Nous allons déménager tes choses tout à l'heure.

— Je le sais, bougonna-t-elle en se levant de table.

De toute façon, Sara n'avait pas envie de parler à Jen. Elle dit sèchement à son amie qu'elle avait beaucoup de pain sur la planche avec son déménagement.

Un peu plus tard, alors que chacun allait et venait d'une chambre à l'autre, Sara croisa Jen dans l'escalier, transportant son radio-réveil.

— J'ai décidé de te donner un coup de main, Sara. Ta mère a dit que je pouvais venir.

Sara lui sourit, contente de la voir après tout.

— Super, Jen. Merci.

Une fois toutes les choses rendues dans la nouvelle chambre, chacun se reposa un instant pour reprendre son souffle. Sara et Jen, assises sur le lit à baldaquin, commencèrent à trier une pile de bric-à-brac. Madame Flynn rangeait des vêtements dans la vieille penderie de bois, tandis que Simon plaçait des livres sur les étagères d'une bibliothèque. Monsieur Flynn regardait les murs d'un air satisfait.

— Au moins, nous n'aurons pas à tapisser les murs. Dans une aussi grande maison, ce n'est pas le travail qui manque. Aussitôt qu'une chambre est décorée, il faut en tapisser une autre.

— Heureusement que j'ai reproduit ces fleurs sur les murs, dit madame Flynn, sinon cette chambre aurait été la prochaine sur ta liste.

Sara leva les yeux au-dessus des murs de couleur crème. Des tulipes jaunes étaient alignées comme autant de petits soldats défilant tout autour de la chambre.

— C'est toi qui les as peintes, maman?

— Oui, sauf les trois tulipes en haut de la fenêtre. Celles-là sont authentiques, c'est quelqu'un qui les a peintes il y a très longtemps. Quand nous les avons vues, nous avons décidé de les garder et de peindre les murs.

— Moi, je trouve qu'elles ont l'air drôle, observa Jen en s'approchant de la fenêtre. Mais c'est pas moi qui dors ici, de toute manière. Hé, Sara! On voit l'ancienne route de la diligence de ta fenêtre, et toute une partie de la ville aussi.

— Ouais, une vraie merveille, marmotta Sara.

Sa mère lui lança un regard compatissant.

— Si tu préfères, tu peux coucher dans ton ancienne chambre jusqu'à ce que ton arrière-grand-mère arrive, ma chérie.

— Allez, les filles, interrompit monsieur Flynn. Je vous donne encore dix minutes pour terminer le rangement, puis je vous invite à aller prendre une bonne crème glacée. Tout ce travail mérite bien une récompense.

— Merci, mais je crois pas que j'irai, dit Jen d'un ton sec. Je dois retourner chez moi bientôt.

Monsieur Flynn tourna vers elle ses yeux verts pétillants, si semblables à ceux de Sara.

— Comme tu voudras, Jen. Mais tu es la bienvenue.

Les deux amies restèrent seules, et Jen prit le bras de Sara en la regardant droit dans les yeux.

— Tu l'aimes pas ta chambre, hein Sara? Je le vois bien.

— Je la déteste, répondit Sara avec mauvaise humeur. J'aurais voulu garder mon ancienne chambre, mais super mamie veut coucher là. Alors, évidemment, j'ai pas un mot à dire. Je crois que je la déteste elle aussi.

— Je te comprends, dit Jen d'une voix douce en lui tapotant l'épaule. J'étais comme toi quand mon père nous a quittées et qu'on a dû déménager dans un appartement.

Sara regarda son amie d'un air étonné.

— Mais ça fait longtemps que tu as déménagé, Jen.

— Oui, mais je m'en souviens... Je lui pardonnerai jamais.

— Tu le vois jamais, ton père?

Sara se sentait triste pour Jen. Elle ne pouvait pas s'imaginer vivre sans son père — sa drôle de mèche qui lui retombait sur un œil, sa façon de sourire pour un rien.

— Je veux pas le voir, coupa Jen. Plus jamais, j'espère. Je le déteste. Rangeons tout ce bazar. Après, je m'en vais chez moi.

Sara poussa un soupir. Jen refusait presque systématiquement de se joindre à eux quand son père les emmenait quelque part. Elles finirent rapidement leur travail, puis descendirent au rez-de-chaussée. Monsieur Flynn et Simon les attendaient dans la voiture.

— Tout le monde à bord, en route pour la crème glacée ! Maman est en train de peindre, on va lui rapporter quelque chose.

À la grande surprise de Sara, Jen monta dans la voiture avec elle. Monsieur Flynn ralentit devant l'appartement de Jen.

— Est-ce que tu descends ici, ou tu préfères venir avec nous ?

Jen tortillait ses boucles noires d'un geste timide.

— Oh, je pourrais bien rester. Au fond, j'ai rien de mieux à faire chez moi.

— Les femmes, railla Simon, elles savent jamais ce qu'elles veulent.

* * *

Quelques jours plus tard, les trois compagnons étaient en train de gravir le sentier de la colline lorsqu'ils virent un camion de déménagement s'arrêter devant la vieille maison de stuc.

— Voilà les affaires de super mamie, commenta Sara d'un air morne. Elle-même va arriver bientôt. Il faudra que je m'habitue à dormir dans ma nouvelle chambre, j'imagine.

Jen se pencha pour ramasser les feuilles rouges et jaunes qui jonchaient le sol.

— Pourquoi est-ce qu'elle vient ici ? Elle est trop pauvre pour avoir sa maison à elle ?

— Pas du tout, répondit Sara en donnant des coups de pied dans les feuilles. Elle veut vivre ici parce que c'était sa maison autrefois. Les parents de mon père sont morts dans un accident, et c'est super mamie qui l'a élevé. Et quand mon père s'est marié avec ma mère, super mamie est allée vivre à Vancouver chez une cousine. Mais la cousine est morte il y a quelque temps, alors elle a décidé de revenir habiter ici. Papa, lui, pense qu'elle a un motif secret.

— Un quoi ? Pourrais-tu parler comme tout le monde au lieu d'utiliser des mots compliqués pour rien ? C'est pas parce que tu as douze ans qu'il faut que tu te prennes pour une autre, Sara Flynn !

— Je me prends pas pour une autre, je te le jure. Je répète simplement ce qu'a dit mon père. Un motif secret, c'est une raison secrète qui pousse quelqu'un à faire quelque chose, je pense...

Elle fronça les sourcils, encore incertaine du sens de l'expression.

— En tout cas, enchaîna Simon en se frottant les mains, peut-être qu'elle vient ici pour décider à qui elle va laisser sa fortune.

Les deux filles se mirent à lui lancer des poignées de feuilles. Simon s'enfuit sous les huées, tout en leur criant :

— Je parie que je vais la convaincre de m'acheter des patins neufs !

Sara le regarda courir en secouant la tête.

— Le pire, c'est qu'il va réussir. Regarde bien son manège quand elle sera là. C'est un vrai petit arnaqueur.

— À demain, Sara, dit Jen lorsqu'elles furent arrivées devant la maison des Flynn. N'oublie pas la partie, demain matin. On a besoin de toi au deuxième but.

— Oui, à demain, répondit Sara distraitement, en observant les déménageurs transporter les meubles.

Ce soir-là, monsieur Flynn eut une longue discussion au téléphone. Quand il raccrocha, il avait perdu son habituel visage souriant.

— C'était le voisin, monsieur Martin. Il pense à clôturer sa propriété et voudrait que nous partagions les frais pour la partie de la clôture touchant à notre terrain. Cela veut dire qu'une clôture traverserait en plein milieu l'ancienne route de la diligence.

— Il n'a pas le droit ! objecta Simon. Où est-ce qu'on irait glisser l'hiver ?

— Et on ne pourrait plus descendre la colline pour aller prendre l'autobus scolaire, ajouta Sara.

— Vous prendriez l'escalier pour vous rendre à l'arrêt d'autobus, répondit son père.

— Oui, mais je l'aime bien, l'ancienne route. Il faut que tu l'empêches de faire ça, papa ! reprit Sara.

Monsieur Flynn secoua la tête.

— J'ai bien peur de ne rien pouvoir faire. Ma grand-mère a vendu ce terrain à la famille Martin il y a des années. Mais il ne faut peut-être pas trop s'en faire : à lui seul, il n'a pas les moyens de clôturer toute la propriété ; et moi, je n'ai certainement pas assez d'argent pour en payer la moitié. Vous savez comment il est, il passe son temps à faire le grincheux.

Laura Flynn leva les yeux de son livre.

— Avons-nous besoin d'argent, chéri ? Je vais probablement vendre quelques tableaux à la galerie. Dans ce cas, je pourrais te donner cet argent.

Sara sursauta et s'accrocha au cou de sa mère.

— Mais non, maman, personne ne veut qu'il ait de l'argent pour payer la clôture. Tu n'écoutais pas !

Sa mère la regarda de son air absent :

— Et où irait-il promener son cheval ?

Tout le monde se mit à rire. Ils n'avaient pas pensé à Ramona, la jument noire de monsieur Martin. Il la gardait dans un centre d'équitation situé au bas de la colline et souvent il la promenait tout le long de la vieille route.

— Il n'a sans doute pas pensé à sa jument, en effet. Au fond, il n'y a peut-être pas lieu de s'inquiéter, conclut leur père.

Mais Sara n'écoutait plus. Elle se rappelait les clochettes entendues la veille de son anniversaire. C'était peut-être monsieur Martin qui promenait son cheval... Promener un cheval la nuit ? Mais alors, comment expliquer son rêve étrange, dans lequel son affiche se transformait en femme vêtue d'une robe jaune ?

Elle n'avait parlé à personne de cette vision et s'était presque convaincue qu'il s'agissait tout simplement d'un rêve. Cependant, un petit doute persistait dans un coin de son esprit. Elle avait d'ailleurs retiré l'affiche du mur et l'avait rangée dans une armoire. Elle ne tenait vraiment pas à l'accrocher dans sa nouvelle chambre!

C'était l'heure d'aller se coucher. Sara monta lentement l'escalier, le cœur triste. Même avec les jolis rideaux jaunes que lui avait achetés sa mère, elle trouvait sa chambre déprimante et froide. Elle voulut se changer les idées en faisant jouer sa cassette du *Lac des cygnes*, mais la musique ne fit qu'empirer son humeur noire. Elle resta quelque temps devant la fenêtre, regardant la vieille route de la diligence. Les lumières de la ville scintillaient de mille feux lointains, mais la route elle-même demeurait sombre sous le ciel nocturne.

Couchée dans son lit, Sara entendit des voix qui semblaient flotter dans sa chambre. Elle rabattit sa courtepointe sur ses oreilles en espérant que les voix disparaîtraient. Elle voulait dormir.

Plus tard, elle se retrouva les yeux grands ouverts. Son corps se raidissait, et elle était tout à fait réveillée. Il faisait nuit noire. Qui était là, dans sa chambre, en plein milieu de la nuit ?

Elle leva la tête très lentement. Des perles de sueur lui coulaient dans le dos. Soudain, la fenêtre s'illumina et elle sentit le même parfum doux qu'elle avait remarqué la veille de son anniversaire. Quelqu'un était assis devant la coiffeuse au miroir orné de chérubins.

C'était une femme en robe jaune, mais Sara ne pouvait pas voir son visage. Debout près d'elle, il y avait une silhouette sombre et imposante.

Sara voulut crier à l'aide, mais elle resta sans voix. Sa bouche était sèche comme le désert, et elle sentait qu'elle n'arriverait pas à prononcer le moindre mot, malgré son horrible sentiment de détresse.

Puis elle remarqua que les deux silhouettes se déplaçaient comme des ombres. Elles devenaient floues, s'estompaient, redevenaient plus claires ; leurs voix résonnaient comme un faible écho. Plus Sara s'efforçait de distinguer les formes, plus elles s'effaçaient. Lorsqu'elle ferma les yeux, les voix se firent plus fortes.

— Tu me l'as confié pour que je le remette à notre enfant. Je ne peux pas te le donner.

Sara avait l'impression d'entendre sa propre voix enregistrée sur un magnétophone.

— Il me le faut absolument. J'ai des dettes !

Cette deuxième voix était grave et menaçante. Tout redevint alors silencieux, puis il y eut des bruits de pleurs étouffés. Sara rouvrit les yeux, mais la chambre était vide. Ne restait que l'agréable parfum.

Le lendemain matin, Sara se rappela ces étranges apparitions, puis les raya de son esprit. « Un simple cauchemar », songea-t-elle. C'était sûrement sa nouvelle chambre un peu bizarre qui faisait travailler son imagination.

Samedi matin, Simon et Sara avalèrent leur déjeuner en quatrième vitesse et expédièrent leurs tâches domestiques. Pendant tout l'été, la bande du quartier avait joué à la balle molle, et la grande finale avait lieu ce jour-là.

La journée s'annonçait magnifique. Sara admirait cette lumière riche et dorée qui fait la beauté des jours d'automne. En certains endroits que le soleil n'avait pas encore réchauffés, l'herbe était recouverte d'une fine couche de givre. Le chaton blanc de Sara léchait les brins d'herbe givrés tout en sautillant sur ses petites pattes peu habituées au froid.

Marchant tranquillement vers le terrain de balle molle, Sara lançait son gant dans les airs et le rattrapait en sifflotant. Ce jour-là, elle n'était pas Sara Isabella, première ballerine. Elle était plutôt la petite Sara Flynn bien

6 mai

ordinaire, avec son jeans, son coton ouaté et ses deux tresses : une joueuse de deuxième but prête à éliminer l'adversaire.

— Allez, Sara, grouille-toi ! lança Simon en la dépassant à vive allure.

— On est en avance, tu t'énerves pour rien.

Elle se laissa aller à des rêveries glorieuses. Elle s'imaginait déguisée en garçon, jouant pour l'équipe nationale, les cheveux cachés sous sa casquette de baseball. En tout cas, pensait-elle, ce n'était sûrement pas sa silhouette qui la trahirait !

Quand elle arriva au terrain, les joueurs de l'équipe adverse étaient presque tous réunis. Jen avait déjà pris place derrière le marbre, le visage protégé par un masque. Après quelques instants de querelle entre les deux équipes nerveuses, la partie commença. Simon eut l'honneur de frapper le premier coup de circuit, et Sara réussit un beau coup double dès son premier tour au bâton.

La partie se déroulait très bien pour eux : à la neuvième manche, le compte était de trois contre deux. Jen rassembla l'équipe pour un dernier mot d'encouragement.

— Écoutez-moi bien : tout ce qu'on a à faire pour gagner, c'est de les empêcher de marquer un but. Lâchez pas, on va les avoir !

Sara retourna au deuxième but au pas de course, telle une championne alerte. Debout sous le soleil qui lui chauffait le visage, elle se remit pourtant à rêver. Elle se voyait au marbre, le bâton prêt à cogner un circuit. Elle entendait presque le sifflement de la balle qui arrivait droit devant elle, puis le claquement sec de son bâton.

Elle s'élançait comme une gazelle vers le premier but. Soudain, sa casquette tombait par terre, libérant une longue chevelure soyeuse. La foule criait des « ah ! » et des « oh ! » de surprise en découvrant que ce joueur fantastique était une fille. Elle continuait de courir d'un but à l'autre et atteignait le marbre sous les applaudissements des milliers de spectateurs.

— Sara ! Réveille-toi !

Elle revint brusquement à la réalité pour constater que les spectateurs criaient en effet très fort, mais pas du tout pour l'acclamer. Le claquement sec de son agréable scénario venait en fait d'un frappeur de l'équipe adverse. La balle avait volé à deux pas de Sara, pendant que celle-ci était restée tout à fait immobile, perdue dans ses rêves.

Son visage devint rouge comme une tomate. Elle aurait voulu que la terre s'ouvre sous ses pieds et l'engloutisse tout d'un coup.

Simon gesticulait autour d'elle avec des allures de vache enragée :

— Sara, tête de lune ! C'était facile à attraper !

Jen lui lançait des regards pointus comme des flèches à travers son masque de receveur. Sara se concentra pour les dernières minutes de jeu. Après la partie, Jen vint la trouver.

— L'essentiel, c'est qu'on ait gagné, dit Sara en guise d'excuse.

— Malgré ta gaffe... Qu'est-ce qui t'a pris ? Tu es restée plantée là, en regardant la balle passer. N'importe quelle tarte aurait pu l'attraper.

— Je... je pensais à autre chose, balbutia Sara en scrutant le bout de ses chaussures.

— Ouais, on a vu ça. En tout cas, une chance que c'était la dernière partie, sinon tu étais virée de l'équipe, ajouta Jen sans pitié.

Sara perdit son sang-froid :

— Tu sauras que je m'en fiche complètement, de ton équipe. Oublie-moi pour l'année prochaine, je veux plus jouer. Et puis, va donc au diable !

Sara partit en courant, laissant Jen interloquée. Arrivée devant la maison, elle fila directement vers le verger pour aller se blottir dans les branches de son vieux pommier. Elle fondit en larmes, incapable de retenir plus longtemps la grosse boule qui lui bloquait la gorge. La joue appuyée contre l'écorce rude du tronc, elle se laissa aller à pleurer un bon moment.

Un peu plus tard, Simon la trouva tapie dans son refuge.

— Sara, où étais-tu passée ? Maman te cherche depuis tantôt. Hé ! On dirait que tu as pleuré. Qu'est-ce qu'il y a ? C'est à cause de la partie ? Oublie ça, c'est pas grave, dit-il pour la consoler.

— C'est pas seulement la partie, répondit Sara d'une voix faible. C'est toutes sortes de choses. Merci quand même, Sim.

Elle s'essuya le visage sur sa manche et descendit de l'arbre.

Au moment où l'énorme horloge grand-père sonnait seize heures, les Flynn se réunirent dans la cuisine. Sara descendit l'escalier en lissant sa robe de ses mains. Sa mère lui avait dit de s'habiller chic pour accueillir super mamie. Madame Flynn sortit de son studio en coup de vent et remplit la bouilloire pour faire du thé, tout en jetant des coups d'œil nerveux par la fenêtre. Simon vint les rejoindre après s'être soigneusement lavé le visage.

— Ils devraient arriver d'une minute à

l'autre, dit madame Flynn en faisant bouffer ses épais cheveux bouclés. Votre père a dit qu'ils seraient ici à seize heures s'il n'y avait pas de bouchon sur la route. J'ai branché la bouilloire. Je suis sûre que super mamie sera contente de boire un bon thé. Ça lui fera du bien, la pauvre.

Son regard se posa sur Simon.

— Sim, va te laver le visage. Tu es tout sale.

— Mais je sors de la salle de bain, maman ! Je viens juste de me laver, sans même que tu aies eu à me le dire.

— Ah oui ? Ta bouche est correcte, mais tout le reste laisse beaucoup à désirer.

— Allez, Simon, ajouta Sara d'un ton faussement gentil. Si tu veux devenir son héritier, tu dois commencer par avoir l'air propre.

Simon feignit de lui donner un coup de poing et disparut dans la salle de bain.

Sara regardait sa mère disposer des biscuits dans une assiette.

— Maman, es-tu sûre que c'est une bonne idée de garder ton sarrau pour accueillir super mamie ?

Sa mère s'arrêta net, jetant un regard horrifié sur son vêtement barbouillé de peinture.

— Mon Dieu, Sara ! Une chance que tu l'as remarqué ! Super mamie n'a jamais vraiment accepté que son petit-fils se marie avec moi, tu sais. Je n'aiderais sûrement pas ma cause avec ce vieux chiffon qui sent la térébenthine.

Elle ôta son sarrau et alla le cacher dans le studio. Au même moment, la vieille Chrysler faisait son entrée dans l'allée. Tous trois vinrent accueillir super mamie. Elle se tenait près de la voiture pendant que monsieur Flynn s'affairait à sortir les valises du coffre. C'était une femme grande et maigre, vêtue d'un élégant costume de tweed violet. Elle s'appuyait sur une canne d'ébène à pommeau d'argent.

Elle leva les yeux vers la maison, et sa mince bouche esquissa un sourire de satisfaction.

— Eh bien, la maison n'a pas l'air trop mal, James. Tu l'as bien entretenue.

Elle parlait d'une voix grave et rauque, à peine chevrotante.

— Euh... oui, merci. Grand-mère, je vous présente la famille : Laura, Sara et Simon.

Elle hocha la tête et se tourna enfin vers eux, comme si elle venait de les apercevoir. Elle les fixa de ses yeux bleus perçants, encore vifs malgré son âge.

— Comment vas-tu, Laura? Tu as vieilli. Tu fais toujours de la peinture, à ce que je vois: tu as une tache de peinture dans le cou.

Elle se pencha majestueusement pour permettre à madame Flynn de l'embrasser sur la joue, puis se tourna vers Sara.

— Et toi, tu es...

Les mots semblaient figés sur ses lèvres. Elle examina longuement Sara de ses yeux de lynx. Son menton tremblotant légèrement, elle tendit une main osseuse qui s'agrippa au col de Sara et l'attira vers elle. Jetant un coup d'œil à son cou, elle poussa un profond soupir.

Effrayée, Sara tenta aussitôt de se dégager, mais déjà la vieille dame avait posé les deux mains sur ses épaules.

— Sara Isabella Flynn! Il n'y a aucun doute!

Elle avait prononcé ces mots sur un ton triomphal, comme si elle venait de faire une grande découverte. Elle s'approcha encore un peu plus, et Sara sentit un arôme doux qui lui rappelait vaguement quelque chose.

Sara ouvrit la bouche pour affirmer que personne ne l'appelait jamais « Sara Isabella », mais Simon l'interrompit d'un geste impatient et se jeta au cou de la vieille dame un peu raide.

— Moi, c'est Simon, déclara-t-il comme s'il s'agissait de la meilleure nouvelle du jour.

Son arrière-grand-mère sursauta et se défit de la chaleureuse étreinte.

— Oui, tu m'as l'air d'un bon garçon bien fort. Aide ton père à transporter mes valises.

Madame Flynn les invita à entrer dans la maison, mais Sara demeura près de la voiture pour s'occuper des bagages. Avant même de l'avoir vue, Sara n'appréciait pas particulièrement son arrière-grand-mère, puisqu'elle lui avait volé sa chambre. L'arrivée de super mamie n'améliorait guère les choses à ses yeux. Pourquoi avait-elle tenu à voir son cou ? Et quel drôle de comportement à son égard ! Si Simon n'était pas intervenu...

Elle se tourna vers lui et l'aida à porter une grosse valise.

— Déjà commencé ton opération charme, hein Sim ? dit-elle, un sourire en coin.

— Chaque petit détail compte. J'ai tout de suite une longueur d'avance sur vous, se vanta-t-il. Quand je pense que maman m'a dit, à moi, de me laver ! Je l'oublierai jamais celle-là !

Ils installèrent les affaires de la nouvelle venue dans l'ancienne chambre de Sara, puis madame Flynn proposa de prendre le thé.

— Du thé ? Qui aime le thé ? Je n'en bois jamais, affirma super mamie. Prenez-en si vous voulez. Moi, je préfère le sherry. Ils n'en avaient même pas à bord de l'avion, allez donc savoir pourquoi ! Tu m'entends, James ?

— Oui, grand-mère, du sherry, répondit monsieur Flynn en souriant.

Il entraîna toute sa famille vers la cuisine, puis chuchota à sa femme :

— J'ai oublié de te dire que grand-mère aime le bon Dieu, le bon sherry et les bonnes querelles. Dans cet ordre.

— Mais je crains que nous n'ayons que du sherry de cuisine — et encore, je n'en suis pas sûre, dit-elle en fouillant dans les armoires.

Son mari lui montra un petit sac brun en clignant de l'œil :

— J'avais prévu le coup. Connaissant le faible de super mamie pour le sherry, j'ai veillé à ce que tout soit prêt pour son arrivée.

— Je vais sortir les verres, maman. Tu ferais mieux d'aller te laver le cou, ajouta Sara avec espièglerie.

Simon ricanait dans son coin en regardant sa mère partir vers la salle de bain, le visage rouge de honte.

— Versez-vous du jus, les enfants, dit

monsieur Flynn. Je vais jaser un peu avec super mamie pendant qu'elle boit son sherry.

— Ah, papa! protesta Simon. J'allais justement jouer avec mes amis.

— Moi, il faudrait vraiment que je fasse mes devoirs, enchaîna Sara, les yeux implorants.

— Les amis peuvent attendre, Simon, et tes devoirs aussi, Sara. Vous ne mourrez pas de passer quelques minutes avec votre arrière-grand-mère pour qu'elle se sente la bienvenue. Allons! Amenons les verres et les biscuits dans le salon. Simon, va chercher super mamie. Sara, appelle ta mère.

Ils s'assirent tous bien sagement au salon, s'efforçant de ne pas dévisager leur invitée, qui se tenait le dos très droit sur le sofa ancien de velours bleu. « Personne n'a le droit de s'asseoir sur ce sofa, songea Sara en sirotant son jus. Et elle, elle s'assoit là comme une reine sur son trône, comme si elle daignait accorder une audience à ses sujets loyaux — nous, en l'occurrence! Et pourquoi est-ce qu'elle me regarde toujours? »

Super mamie brisa enfin le silence:

— Très bon sherry, James. C'est du vrai, pas comme cette infecte boisson pour faire de la cuisine.

Elle se tourna ensuite vers la mère de Sara, tout en replaçant de la main ses cheveux d'une teinte bleutée.

— Laura, je suppose que tu as un bon coiffeur. S'il me convient, je vais fixer un jour de rendez-vous hebdomadaire avec lui.

— Oh, c'est que nous n'avons pas de coiffeur particulier, répondit humblement madame Flynn. Sara et moi, nous nous coiffons toujours nous-mêmes. Et quand il faut se faire couper les cheveux, eh bien, nous prenons n'importe quel coiffeur disponible.

— Vraiment! s'exclama la vieille dame en fronçant ses jolis sourcils épilés. Dans ce cas, je ferai ma petite enquête moi-même. Il me faut absolument un coiffeur personnel!

Simon donna un coup de coude discret à sa sœur.

— Je me demande où elle va trouver un coiffeur qui teint les cheveux en bleu, chuchota-t-il en étouffant un petit rire.

Son arrière-grand-mère lui jeta un long regard glacial.

— Dans mon temps, jeune homme, il était très impoli de chuchoter.

— Désolé, super mamie, marmotta Simon.

— Pourquoi m'appelez-vous par ce nom

enfantin? dit-elle en secouant la tête d'impatience. Je préfère qu'on m'appelle arrière-grand-mère, s'il vous plaît!

— C'est entendu, promit leur père dans un effort pour l'apaiser, mais vous devez admettre que c'est un mot plutôt long.

Elle posa son verre de sherry et se leva.

— Je me retire dans ma chambre. Je suis fatiguée. Non, non, je n'ai pas besoin d'aide, dit-elle sèchement à monsieur Flynn, qui se levait pour lui prendre le bras. Je ne suis pas encore une invalide, tout de même. Tu pourrais par contre m'apporter la bouteille de sherry. Je vais la garder dans ma chambre.

Lorsqu'elle se fut éloignée, Simon lança un regard complice à sa mère:

— Décidément, les vieilles dames ne sont plus ce qu'elles étaient... Bonjour les ennuis! bougonna-t-il.

— Voyons, Simon! Un peu de retenue! gronda sa mère sans grande conviction. Donne-lui la chance de s'installer. Il doit être très difficile de s'adapter à un si grand changement de vie à quatre-vingts ans.

— Alors, Simon, tu penses toujours à tes patins neufs? taquina Sara.

Il l'attrapa par la manche et tous deux sortirent de la maison en courant, pressés de respirer l'air frais de l'automne.

Flânant au sommet de la colline, Sara s'arrêta pour regarder la vieille route. Était-elle vraiment hantée, comme le prétendait son père ? Elle semblait si normale...

À sa droite se trouvait le grand escalier de bois qui descendait abruptement jusqu'en bas de la colline. Sara s'assit sur la première marche, écaillant distraitement la peinture rouge du vieil escalier. Elle pensait à la façon dont super mamie lui avait observé le cou. Comme elle était bizarre ! Mais, curieusement, il y avait chez elle quelque chose de familier... Sara cherchait à se rappeler de quoi il s'agissait, fouillant dans sa mémoire.

Son parfum ! Mais oui, c'était cela : le parfum de super mamie était exactement comme celui de son rêve. Il fallait qu'elle sache quelle était cette odeur !

Les prédictions de Simon s'avérèrent justes. En moins d'une semaine, la présence de super mamie se fit sentir dans toute la maison. Les meubles de sa chambre durent être réaménagés à son goût. Elle n'aimait pas les plats de Laura Flynn et lui offrit de lui donner quelques cours de cuisine. Lorsque Simon ou Sara écoutaient de la musique, elle se plaignait du vacarme. Et s'ils parlaient à voix basse, elle se plaignait de ne pas pouvoir les entendre. Elle se promenait dans la maison et mettait son nez partout — y compris dans le studio de madame Flynn, même lorsque la porte était fermée.

Les enfants étaient particulièrement choqués de ces entrées impromptues dans le studio. Ils savaient bien que, quand la porte était fermée, leur mère travaillait et ne voulait pas qu'on la dérange.

Super mamie n'hésitait pas non plus à

interrompre le travail de leur père. Elle semblait même choisir les moments où son bureau croulait sous les dossiers pour venir le déranger. Elle s'assoyait alors dans le fauteuil le plus confortable et se mettait à parler de toutes sortes d'oncles et de tantes morts depuis longtemps. Elle-même était une Flynn et s'était mariée avec un cousin éloigné, et elle ne cachait pas sa fierté d'appartenir à cette famille.

Un jour, elle raconta que le gouverneur du Haut-Canada avait prié un ancêtre Flynn de quitter son Irlande natale pour venir l'aider à gouverner la colonie. Le père de Sara avait alors éclaté de rire en s'exclamant :

— Voyons donc, grand-mère ! La véritable histoire, c'est que les Flynn ont été forcés de s'exiler à cause des méfaits qu'ils avaient commis.

— Je ne commenterai même pas une affirmation si grotesque, James. Comment peux-tu dire des choses pareilles devant tes enfants innocents ?

Tournant son regard vers la porte, elle aperçut Jen qui les écoutait avec curiosité.

— Et vous, qui êtes-vous ? demanda-t-elle d'un ton hautain.

— Euh... j-je... bégaya Jen en baissant les yeux.

Trop impressionnée, elle n'arrivait pas à prononcer un mot. C'est Sara qui vint à sa rescousse :

— C'est Jen Webster, ma meilleure amie, super mamie... euh, arrière-grand-mère. Elle habite tout près d'ici.

— Comment allez-vous ? murmura Jen d'une voix presque inaudible.

— Je vais très bien, mademoiselle. Votre mère ne vous a donc pas appris à frapper avant d'entrer ?

Sur ces mots, elle se dirigea vers le vestibule de sa démarche altière.

— Ouf ! souffla Jen en s'approchant de Sara. Est-ce qu'elle est toujours comme ça ? Comment tu fais pour l'endurer ?

— Justement, Jen, j'en ai plein mon casque de ses humeurs. On dirait qu'elle fait exprès pour nous énerver. Elle se plaint de tout : on est soit trop bruyants, soit trop tranquilles. Et elle est pareille avec mes parents. Il y a seulement Simon avec qui elle est gentille. Ces temps-ci, elle fait toute une histoire parce qu'elle ne trouve pas de coiffeur à son goût. Et puis, elle n'arrête pas de me regarder. Des fois, je sens qu'elle me regarde, et quand je me tourne vers elle, elle a un de ces airs bizarres !

— Pas très rassurant, commenta Jen. Dis donc, pourquoi est-ce qu'elle a les cheveux bleus ?

— Oh, dans l'ancien temps, c'était à la mode de teindre les cheveux blancs en bleu. Elle, elle continue à le faire, même si c'est démodé.

— Son parfum aussi est démodé. Ma grand-mère avait la même eau de lavande. Ça sent vraiment moins bon que le parfum que je t'ai donné.

Sara lui prit le bras.

— C'est de la lavande, son parfum ? Je me demandais justement ce que c'était.

— T'en fais pas trop avec elle. Tiens, on devrait aller faire du lèche-vitrine cet après-midi. J'ai vu de superbes robes de mariée.

— Franchement, Jen, je peux pas dire que les robes de mariée m'intéressent beaucoup, répondit Sara d'un air maussade.

— Moi oui, gloussa Jen. Quand je serai grande, je vais me marier avec un millionnaire et la cérémonie va être éblouissante. La traîne de ma robe va mesurer huit mètres, et j'aurai huit demoiselles d'honneur !

— Une pour chaque mètre ? demanda une voix amusée derrière elles. Qui sera l'heureux élu, et c'est quand, le Grand jour ?

Les yeux pleins de malice, monsieur Flynn était appuyé sur le cadre de porte et faisait tourner un crayon entre ses doigts.

Jen, furieuse, s'apprêtait à rétorquer, mais Sara éclata d'un grand rire et entraîna son amie vers la cuisine. Sa mère était en train de lire le journal en buvant son café. Elle leur tendit la boîte de biscuits.

— Assoyez-vous, les filles. Prenez-vous un verre de lait avec des biscuits.

— Je croyais que tu voulais travailler aujourd'hui, maman, s'enquit Sara tout en retirant les pépites de chocolat de son biscuit.

— C'est bien ce que je devrais faire, mais je ne suis pas d'humeur à peindre. Mon exposition approche à grands pas, mais je ne serai jamais prête au rythme où vont les choses. On dirait que j'ai beaucoup de difficulté à me concentrer ces jours-ci.

Sara regarda silencieusement Jen en pointant du doigt la chambre de super mamie. Tout à coup, le visage de madame Flynn s'illumina, et elle replia vivement son journal.

— J'ai une idée, Sara. Que dirais-tu d'emmener ton arrière-grand-mère voir un film cet après-midi ? Le cinéma présente une projection du *Chant du désert* spécialement pour les gens de l'âge d'or. Je suis sûre qu'elle serait contente de revoir cette comédie musicale. Je pourrais enfin peindre en toute tranquillité, et ton père en profiterait pour avancer dans ses dossiers.

— Désolée maman, mais j'ai pas un sou, dit Sara, soulagée de trouver une bonne excuse.

— Je vais payer pour toi, pour vous deux même, si Jen veut t'accompagner. Tu m'aiderais beaucoup, Sara.

Elle regardait sa fille d'un air suppliant. Sara se sentait mal à l'aise : elle n'avait pas du tout envie de sortir avec super mamie, mais sa mère semblait si désespérée qu'elle avait peine à refuser.

— Bon, ça va, mais c'est bien parce que c'est toi. Viens-tu avec moi, Jen ? demanda-t-elle à son amie en la regardant d'un air qui semblait dire : « Tu ne vas pas me laisser tomber, hein ? »

— D'accord, si tu insistes, grommela Jen. Mais je connais de meilleures façons de passer un beau samedi après-midi.

— Merci, Jen, tu es vraiment fine. Maman, qu'est-ce qu'on fait si elle refuse de venir ? Elle a l'air plutôt grincheuse aujourd'hui.

— Elle va accepter, répondit sa mère en

se dirigeant d'un pas résolu vers la chambre de super mamie.

Quelques heures plus tard, les trois faisaient la file au cinéma. Devant elles, de nombreux membres du Club de l'âge d'or bavardaient et riaient tous ensemble. Super mamie, appuyée dignement sur sa canne noire, observait sans broncher ce groupe bruyant, avec l'air de celle qui se considère au-dessus de la mêlée.

Une fois bien installée dans son fauteuil, elle balaya la salle d'un regard dédaigneux.

— Regardez-moi toutes ces rangées de têtes blanches. Je n'en ai jamais vu autant de toute ma vie.

— Voudrais-tu quelque chose à grignoter, super mamie? proposa timidement Sara pour changer de sujet.

— Arrière-grand-mère, s'il vous plaît. Non merci, Sara, je ne touche jamais à ce genre d'aliments sucrés. Mais prenez cela, dit-elle en glissant un billet dans la main de Sara. Allez vous acheter des bonbons, toi et ton amie.

Jen et Sara se regardèrent en haussant les sourcils. Après tout, la vieille dame n'était peut-être pas si déplaisante.

À la sortie du film, elles se fondirent dans la foule qui se dirigeait vers l'arrêt d'autobus.

— Super mamie connaissait toutes les chansons par cœur, remarqua Sara d'un air étonné. Elle a chantonné tout le long du film, avec les autres.

— Oui, mais je me demande où elle est rendue, à présent. Je croyais qu'elle nous avait suivies.

Sara se mit à paniquer en regardant autour d'elle. Super mamie s'était-elle perdue? Soulagée, elle l'aperçut un peu plus loin, devant une boutique de robes. Super mamie leur fit signe de venir la rejoindre d'un geste autoritaire.

— Regarde, Sara Isabella. Voilà une robe qui t'irait comme un gant. C'est une vraie robe de jeune fille.

Jen et Sara admiraient la jolie robe de velours vert.

— Je crois pas que ma mère ait prévu de m'acheter une robe cet automne, super mamie.

— Ta mère n'a rien à voir là-dedans. C'est moi qui te l'achète. Allez, entre l'essayer. J'espère que tu portes quelque chose de respectable sous ce jeans!

Sara fit un petit sourire à Jen. Elles suivirent super mamie, qui entra dans la boutique comme un grand personnage solennel. Lorsque Sara sortit de la cabine d'essayage, super mamie acquiesça de la tête d'un air approbateur.

— C'est parfait, elle te va à merveille.

Sara regardait son image dans le miroir, lissant le doux velours vert jade sur ses hanches. La robe lui plaisait beaucoup — un peu ancienne, peut-être, mais le charme vieillot était à la mode de toute façon. Elle toucha du bout des doigts le large col de dentelle crème.

— Elle est vraiment belle, super mamie, mais je n'aurai pas souvent l'occasion de la porter, sauf à Noël peut-être.

— Ne dis pas de sottises. C'est exactement ce qu'il te faut pour les occasions spéciales. Je te l'achète.

— Ça fait un peu drôle, tout de même, avec tes chaussettes blanches et tes chaussures de tennis, ricana Jen.

La remarque de Jen fut accueillie par un regard sévère, qui lui donna envie de rentrer sous terre.

— Évidemment, elle portera cette robe avec des bas de dentelle et des chaussures convenables.

Jen étouffa ses ricanements et hocha la tête.

— Le vert va bien avec tes yeux, Sara, dit-elle pour se racheter.

— En parlant de vert, chuchota Sara, tu crois pas que Simon sera vert d'envie quand il va voir que super mamie m'a acheté une robe, surtout qu'il n'a pas encore réussi à obtenir ses patins neufs... Il vaudrait peut-être mieux que je ne le lui dise pas, il pourrait bien en faire tout un plat.

Quelques jours plus tard, un camion de livraison s'arrêta devant la maison. De la fenêtre de sa chambre, Sara vit un homme apporter un gros colis de forme rectangulaire.

Simon entra en trombe dans la chambre de Sara et vint la trouver près de la fenêtre.

— Hé ! Sara, as-tu vu le gros colis qu'ils ont apporté ? C'est pour super mamie. Qu'est-ce que c'est ? Allez, dis-le, toi qui devines toujours ce qu'il y a dans les paquets.

— C'est seulement quand ils sont pour moi que je peux deviner.

Sara avait prononcé ces mots avec difficulté, du bout des lèvres. Elle avait froid tout à coup et se sentait légèrement engourdie, les yeux fixés malgré elle sur le colis. Une vision de son affiche lui traversa l'esprit. Super mamie ne pouvait pourtant pas posséder la même image d'une ballerine en tutu jaune ?

D'ailleurs, le colis était trop gros pour contenir une simple affiche. Sara savait toutefois qu'il s'agissait d'une image avec du jaune, et qu'elle ne lui plairait pas.

Simon interrompit ses pensées.

— Bon, je descends voir ce qu'il y a là-dedans. De toute façon, tu es même pas capable de deviner.

Sara s'éloigna de la fenêtre en frissonnant et prit le livre qu'elle était venue chercher. Encore peu habituée à sa chambre, elle y passait le moins de temps possible. En plus de l'atmosphère étrange, il faisait toujours un peu froid dans la pièce. Monsieur Flynn avait soigneusement vérifié les calorifères et avait assuré à Sara que tout fonctionnait bien. L'air de la chambre demeurait néanmoins frisquet, et sa mère lui avait promis qu'elle installerait un radiateur électrique pour l'hiver.

Ce soir-là, super mamie affichait une mine radieuse lorsqu'elle se mit à table pour le souper.

— Il vaut mieux sortir tout de suite les bougies, dit monsieur Flynn en servant les assiettes. Le vent se lève et, si la bourrasque est forte, elle pourrait aussi bien casser des branches d'arbre sur son passage. Je crois qu'on aura droit à une panne d'électricité.

— J'adore l'éclairage aux bougies, soupira madame Flynn, mais le vent risque de chasser les dernières feuilles. Je n'aime pas voir les arbres sans feuilles, c'est si long avant qu'elles reviennent au printemps.

— Mais pense à la belle neige qui s'en vient ! objecta Sara.

Elle imaginait déjà le plaisir fou qu'ils auraient à descendre la vieille route en toboggan. Elle leva les yeux de son assiette et croisa le regard de super mamie, qui la fixait d'un air réjoui.

— Quelque chose qui ne va pas, super mamie ? demanda-t-elle, un peu troublée.

— Arrière-grand-mère, je te prie. Bien sûr que non, ma petite fille, répondit-elle en tapotant ses minces lèvres avec sa serviette de table. Après le souper, je vous invite tous à venir prendre le café dans ma chambre. J'ai une surprise pour vous.

Au moment où elle terminait sa phrase, un coup de tonnerre éclata et toutes les lumières s'éteignirent. Personne ne bougea, et il y eut un moment de silence. Dehors, le vent se déchaînait, faisant craquer la vieille maison. La voix de madame Flynn se fit alors entendre dans la noirceur, une voix qui semblait irréelle comme celle d'un fantôme.

— Sara, c'est toi qui es la plus proche. La boîte d'allumettes est sur le buffet, à côté des bougies.

Sara trouva la petite boîte et alluma les bougies du grand candélabre de cuivre. La lueur douce imprégnait la pièce d'une atmosphère mystérieuse. Des ombres déformées dansaient sur les médaillons rouge pâle du papier peint.

Ils terminèrent le repas à la lumière des bougies, puis super mamie se leva de table.

— Apporte un chandelier, Simon, et conduis-moi à ma chambre. Quant à vous, venez nous rejoindre dans trois minutes, le temps que je prépare ma surprise.

Sara restait clouée sur sa chaise. Soudain, elle ne voulait plus se rendre dans son ancienne chambre.

— Allez, Sara, prends le candélabre, dit son père. Qu'y a-t-il, tu n'aimes pas les surprises ?

Sara prit le candélabre et, sans enthousiasme, traversa le long corridor qui menait à la chambre de super mamie. Ses pieds lui semblaient lourds comme du plomb. Des larmes de cire coulaient tout le long des bougies et les petites flammes vacillaient dans l'obscurité. Sara se mit à trembler de peur.

Elle avait l'impression d'être poussée vers quelque chose qui transformerait totalement sa vie. Elle posa sa main sur la poignée de porte, mais ne put la tourner.

— Avance, Sara! exhorta son père, impatient derrière elle. Je n'ai pas toute la soirée devant moi: mon bureau déborde de paperasse.

Sara se secoua. Pourquoi se comportait-elle comme une gamine? Elle tourna la poignée d'un geste résolu. En ouvrant la porte, elle poussa un petit cri.

Debout près du foyer en marbre, super mamie surveillait la réaction du petit groupe qui venait d'entrer dans sa chambre. Les yeux scintillants, son visage anguleux éclairé par les bougies, elle se tourna cérémonieusement vers le grand tableau accroché au-dessus du foyer.

Sara fixait obstinément la fissure sillonnant le marbre et les deux chandeliers posés sur la tablette de la cheminée. Elle ne voulait pas regarder de nouveau le portrait qu'elle avait aperçu en ouvrant la porte.

Elle jeta un regard désespéré autour d'elle. Sa chambre était complètement transformée par les nombreux meubles anciens, les lourds rideaux de velours et les petits napperons brodés. Rien ne ressemblait plus à Sara dans cette chambre qui sentait la lavande.

— Regarde le tableau, Sara ! Regarde-le ! Vois-tu ? claironna Simon. On l'a accroché tout seuls, super mamie et moi.

Sara leva péniblement les yeux vers le portrait et, une fois de plus, fut bouleversée par ce qu'elle voyait. Elle avait l'impression de se regarder dans un miroir. Le même visage mince, les mêmes yeux verts qui lui retournaient son regard. Ses propres lèvres lui souriaient. La femme du portrait, cependant, était plus vieille que Sara, et son visage trahissait une tristesse secrète. Ses cheveux soyeux, du même brun que ceux de Sara, retombaient sur ses épaules en longues boucles en spirale. La dame portait une robe de satin jaune ornée de dentelle. C'était une robe décolletée, avec des manches bouffantes qui se fermaient au coude par une riche garniture de dentelle, comme on en voyait il y a cent cinquante ans. Elle tenait d'une main délicate un éventail en dentelle, identique à celle de sa robe. L'autre main était posée sur un collier de perles, comme pour le protéger.

— Eh bien ! Sara, on dirait que c'est toi ! s'exclama sa mère, fascinée par le tableau.

— Oui, bien sûr, affirma brusquement super mamie. J'ai tout de suite remarqué la ressemblance lorsque j'ai vu Sara. Et vous voyez, elles ont la même tache de naissance.

Elle pointa de sa longue main ridée le papillon rose pâle sur le cou de la femme.

— Mais qui est-ce, grand-mère ? demanda James Flynn, les bras croisés et les sourcils froncés.

« Il a toujours cet air perplexe quand il essaie de résoudre un problème », songea Sara, s'efforçant de penser à des choses ordinaires pour oublier l'étrange sentiment qui l'avait saisie à la vue du portrait.

— Je vous présente Sara Isabella Flynn ! déclara triomphalement super mamie. C'est ton ancêtre, James, et l'ancêtre de Sara aussi, évidemment.

— Et la mienne aussi, dit Simon en prenant le bras de la vieille dame.

— Mais oui, bien sûr, répondit-elle en lui souriant affectueusement.

« Oh ! oh ! je vois venir les fameux patins, pensa Sara en les observant tous deux. Le petit écornifleur, il va finir par les avoir ! » Elle tâchait de penser à n'importe quoi, même à son frère, mais son regard ricochait toujours sur la peinture.

— Tu lui ressembles beaucoup, Sara, dit sa mère. Tu as le même nez, les mêmes yeux qu'elle.

Sara se cacha le visage dans ses mains en grognant. Elle n'avait jamais aimé son nez, et voilà qu'elle le retrouvait dans ce vieux portrait.

— D'ailleurs, c'est le nez des Flynn, renchérit super mamie, un beau grand nez dont tu peux être fière, Sara : c'est signe que tu as du caractère !

— C'est bien vrai, dit son père en touchant son propre nez, aussi gros, et en serrant Sara dans ses bras. Qu'y a-t-il, Sara ? Tu es toute pâle. Tu n'es pas contente de ressembler à ton ancêtre ?

— Je sais pas, marmonna-t-elle en se collant contre son père pour éviter de voir le tableau. Ça me donne la chair de poule !

— Ne t'en fais pas, dit sa mère pour la réconforter, cela prouve seulement ce que je t'ai toujours dit. Au fur et à mesure que tu vas grandir, ton nez paraîtra de moins en moins gros par rapport à ton visage, et tu deviendras une vraie beauté.

— Je suis impatiente de voir ça, ronchonna Sara d'un air piteux.

— Je ne me souviens pas d'avoir vu ce portrait, dit son père en se tournant vers super mamie. Où était-il pendant toutes ces années ?

— Il était chez ma cousine ; elle me l'a laissé en héritage. Maintenant, il est à sa place, dans cette chambre, au-dessus du foyer. C'est exactement là qu'il avait été accroché il y a cent cinquante ans. Après tout, nous sommes dans l'ancienne maison de Sara Isabella.

— Comment pouvez-vous savoir qu'il était accroché là, grand-mère ?

— C'est écrit dans son journal intime. Ma cousine avait aussi gardé son journal. Un jour, Sara, je te donnerai ses papiers et tu pourras les lire.

— Est-ce que c'était sa chambre, ici ? demanda Sara, curieuse tout à coup de connaître ce détail.

— Non, c'était la salle de séjour, à l'époque où la maison était une auberge. La chambre de Sara Isabella et de son mari était à l'avant de la maison, au-dessus de la porte : ta chambre actuelle, Sara.

Sara sentit des doigts glacés lui parcourir le dos. Elle redoutait déjà les mots qu'allait prononcer super mamie :

— Elle est morte dans sa chambre, tu sais !

— Youpi ! Ça veut dire que ta chambre est peut-être hantée, Sara ! s'écria Simon. Tu vas me laisser dormir là une nuit, hein Sara ?

— Balivernes que tout cela, trancha leur père d'un ton irrité. Cesse de taquiner ta sœur, Simon. Cette maison n'est pas hantée, et je ne veux plus entendre un mot à ce sujet. Il y a des quantités de gens qui naissaient et mouraient dans leur maison autrefois. Les hôpitaux n'existaient pas à cette époque, tu sais.

— Mais papa, reprit Simon, visiblement excité, toi-même tu nous parlais des clochettes de la diligence, l'autre jour !

— Des clochettes ? Quelles clochettes ? De quoi s'agit-il ? questionna super mamie. Parlez plus fort, je ne vous entends pas !

— Ce n'est rien d'important, se contenta de répondre son petit-fils.

— James, je tiens à...

La phrase de super mamie fut interrompue par le retour soudain de l'éclairage électrique. Chacun s'affaira à éteindre les chandelles et à remettre de l'ordre dans la pièce.

La vieille dame en oublia ce qu'elle allait dire et s'occupa de servir le café et le chocolat chaud, qui reposaient sur un plateau d'argent. Tout le monde parlait de choses et d'autres, sauf Sara, qui demeurait silencieuse et n'écoutait que d'une oreille. Elle s'était pelotonnée en boule sur le lit de super mamie, tournant le dos au portrait. Mais elle ne put résister longtemps à l'attrait qu'exerçaient sur elle les yeux verts, si semblables aux siens. Fascinée par ce regard, elle se tourna une dernière fois vers le tableau, puis se leva brusquement : elle ne voulait pas rester une minute de plus en présence de l'image troublante, ne voulait plus respirer le parfum de lavande qui embaumait la chambre.

— Bonsoir tout le monde ! J'ai des devoirs à faire, je m'en vais, annonça-t-elle sur un ton faussement enjoué.

Elle traversa le corridor à la course, grimpa l'escalier et se rua vers sa nouvelle chambre. Sa chambre... ou celle de la première Sara Isabella ? Elle ouvrit la porte avec un léger sentiment d'effroi, qu'elle réprima aussitôt. Elle s'assit droit devant le miroir de sa coiffeuse.

Oui, c'était son visage à elle, sans aucun doute, mais ce même visage appartenait aussi à la femme du portrait. Elle palpa la petite marque en forme de papillon. N'y avait-il donc rien qui lui était propre ?

Elle aperçut dans un coin du miroir le lit à baldaquin. Sara Isabella était-elle vraiment morte dans ce lit ? Sara se tourna lentement, quelque peu effrayée par ce qu'elle pourrait voir, mais il n'y avait sur le lit que son chaton blanc, roulé en boule dans les plis de sa courtepointe. Tout était parfaitement normal, et elle se sentit soudain honteuse d'avoir eu si peur pour rien.

— Je t'avertis, Sara Isabella, lança-t-elle d'une voix pleine de colère, cette chambre n'est plus la tienne. Elle est à *moi*, pas à toi, et je suis *moi*, pas toi ! Tiens-toi-le pour dit !

Le chaton se réveilla et regarda Sara d'un air de reproche. Elle poussa la provocation jusqu'à allumer sa radio à plein volume, puis s'étendit sur son lit en écoutant la musique tonitruante. Elle s'assoupit presque aussitôt et sombra dans un sommeil agité. Tout à coup, elle se leva en sursaut. Avait-elle entendu les clochettes de la diligence ? Non, ce n'était que la musique qui avait continué de jouer. Elle ferma la radio et, serrant son chaton contre elle, replongea dans un sommeil sans rêves.

Le lendemain, l'autobus scolaire s'arrêta comme à l'habitude au bas de la vieille route de la diligence pour laisser descendre ses derniers passagers. Jen et Simon commencèrent à gravir le sentier, mais Sara demeura sur le trottoir pour observer la maison qui surplombait la colline.

— Allez, Sara, le premier arrivé au sommet ! cria Simon en partant comme une fusée.

Il courait à toutes jambes, frappant au passage des pierres et des tas de feuilles mortes.

Jen, qui talonnait Simon, se retourna pour vérifier si Sara la suivait de près, puis fit demi-tour pour aller la rejoindre.

— You-ou ! Sara ! Es-tu dans la lune ou quoi ? Qu'est-ce que tu regardes ? Tu as l'air bizarre, tout à coup. C'est ta maison qui est en haut, tu sais. On dirait que tu l'as jamais vue de ta vie.

Elle prit une voix de guide touristique et poursuivit son monologue :

— Mesdames et messieurs, vous avez devant vous la résidence des Flynn, autrefois auberge et aujourd'hui réputée pour son style ancien. Si vous voulez bien monter jusqu'au sommet, vous aurez la chance de vous faire offrir des biscuits et un verre de lait.

Elle jeta un coup d'œil à Sara, riant de sa propre plaisanterie. Mais son amie restait silencieuse, les yeux rivés sur la maison. Lorsque Sara était descendue de l'autobus, la vieille résidence défraîchie lui avait semblé différente. Elle lui était apparue toute neuve, recouverte d'un stuc jaune très brillant. Les fenêtres étaient également différentes, et il y avait un grand écriteau de bois qui se balançait au gré du vent, juste au-dessus de la porte principale.

La vision de Sara se brouilla au moment où Jen lui prit le bras. Elle ferma les yeux et secoua vivement la tête. Lorsqu'elle rouvrit les yeux, elle revit la maison qu'elle connaissait depuis toujours, avec son stuc d'un beige sale et ses grands pans de mur couverts de vigne.

— Quoi ? Oh ! Excuse-moi, Jen, j'étais distraite. J'arrive tout de suite.

Elle grimpa la colline à toute allure et, dans sa hâte, laissa échapper la moitié de ses livres. En aidant Sara à les ramasser, Jen vit un petit bout de papier rose tomber au sol en tourbillonnant. Elle attrapa la feuille et dit à Sara :

— Tiens, ta fiche de rencontre. Garde-la si tu veux que ta mère sache à quelle heure elle doit aller voir ta prof.

— Remarque que ça me dérangerait pas trop qu'elle n'y aille pas, dit Sara d'un air chagrin. Je préférerais que ce soit mon père qui rencontre ma prof, mais il dit qu'il vaut mieux que ma mère s'en occupe. Comme ça, elle est au courant de ce qui se passe à l'école, d'après lui. Mais ma mère, elle écoute jamais vraiment ce que dit ma prof. Elle change toujours de sujet.

— C'est un peu gênant. Pauvre toi, dit Jen.

Lorsqu'elles furent arrivées devant la maison, Sara invita son amie à entrer avec elle :

— Viens chez nous, Jen. Ma mère a fait des *brownies* et je veux te montrer quelque chose.

— Je sais pas, Sara, répondit Jen en reculant d'un pas. Je devrais vraiment m'en aller. Ma mère travaille et il faudrait que je commence à préparer le souper. Est-ce que ton arrière-grand-mère est là ?

Sara se mit à rire. C'était bien la première fois que Jen refusait une offre de *brownies*.

— Jen, voyons, aurais-tu peur de super mamie, par hasard ? Je pensais que personne pouvait t'intimider !

— J'ai pas peur d'elle, se défendit Jen orgueilleusement, c'est seulement que j'ai l'impression de perdre la voix quand elle est là.

— Viens donc, insista Sara. Ma mère l'a emmenée magasiner. Tu vois, l'auto n'est pas dans l'entrée. Elles sont parties.

Simon avait laissé la boîte de *brownies* ouverte sur la table.

— Sers-toi et suis-moi, dit Sara en se dirigeant vers son ancienne chambre.

Jen prit trois *brownies* et rattrapa Sara, qui l'attendait au bout du corridor, sur le pas de la porte.

— Maintenant, ferme les yeux, c'est moi

qui te guide, dit Sara. Ne les ouvre pas avant que je te le dise.

— On joue à colin-maillard ou quoi ?

Sara conduisit Jen devant le portrait, lui inclina la tête vers le haut, puis dit :

— Maintenant tu peux regarder.

Muette de stupéfaction, Jen regardait le tableau avec de grands yeux ronds. La chambre était sombre, mais un rayon de lumière provenant de la fenêtre éclairait le portrait et rehaussait l'éclat des perles.

— Wow ! As-tu vu le collier de perles, Sara ? s'exclama Jen, les yeux fixés sur le bijou.

— Oublie les perles, espèce de nounoune, et regarde un peu son visage, ordonna Sara, agacée.

Une voix hargneuse les surprit toutes deux :

— Eh bien, les filles, je vois que vous admirez mon tableau.

Elles se retournèrent brusquement. Super mamie se tenait dans l'embrasure de la porte, ses cheveux bleutés fraîchement coiffés et ondulés. Elle frappa le plancher de sa canne.

— Que je sache, je ne vous ai pas donné la permission d'entrer dans ma chambre, jeunes demoiselles.

— Désolée, super mamie, s'excusa humblement Sara. Je voulais seulement montrer le portrait à Jen. Je croyais pas que ça te dérangerait.

— Justement, cela me dérange, répondit-elle aigrement en s'avançant vers son fauteuil. Je suis fatiguée, je veux me reposer. Ta mère m'a trimballée en ville toute la journée, sans égard pour mes vieux os. On le sait bien, les jeunes gens d'aujourd'hui ne pensent qu'à eux.

— Mais c'est toi qui avais demandé... commença Sara, mais elle se ravisa aussitôt. Viens, Jen, on va laisser mon arrière-grand-mère se reposer.

La vieille dame fit un geste gracieux de sa main veinée.

— Mais non, restez, puisque vous êtes là. Sara, apporte-moi ma veste en peau de mouton. Jen, assieds-toi et dis-moi ce que tu penses du portrait. C'est notre ancêtre, Sara Isabella Flynn. Tu ne trouves pas que Sara lui ressemble ?

— Euh... un peu, oui... je pense, répondit Jen d'une voix incertaine, examinant minutieusement le portrait en plissant les yeux. Tu as le même gros nez, Sara, et les yeux sont pareils. La bouche aussi est comme la tienne. Mais ses cheveux sont beaucoup plus beaux que les tiens et sa peau aussi. Toi, tu as deux boutons sur le nez.

Elle se tut un instant pour engouffrer un de ses *brownies* d'une seule bouchée. Sara regarda Jen en maugréant. C'était vraiment son genre de se mettre à critiquer son apparence alors qu'elle aurait eu besoin d'un peu de réconfort.

— Je le sais, Jen, je le sais très bien. Tu me l'as déjà dit aujourd'hui, à l'école.

— T'en fais pas, reprit Jen, soudainement compatissante. J'aimerais bien avoir de l'acné, moi aussi. Ça voudrait dire que je suis plus vieille. Madame Flynn, continua-t-elle en se tournant vers super mamie, ces perles sont fantastiques. Elles devaient valoir cher. Les avez-vous gardées ?

— Elles ont été perdues, je crains bien, répondit super mamie d'une voix très fatiguée. Sara, étends la veste sur moi, s'il te plaît. Je vais me reposer jusqu'au souper.

Elle appuya sa tête sur le dossier du fauteuil et ferma les yeux. Sara la recouvrit délicatement de la veste, puis les deux amies sortirent de la chambre sur la pointe des pieds. Sara accompagna Jen jusqu'à la route.

— As-tu remarqué l'odeur, Jen ?

— Quelle odeur ?

— Le parfum, dit Sara.

— Ah oui, tu parles ! C'est de la lavande, aucun doute. J'ai vu le flacon sur sa commode. Il est presque pareil à celui qu'avait ma grand-mère. Bon, je m'en vais chez moi. À demain.

Sara retourna à la maison en se traînant les pieds dans les feuilles mortes. Elle s'arrêta devant la porte de chêne massif et leva les yeux. Simon, qui était en train de ratisser les feuilles, s'approcha d'elle et porta lui aussi son regard vers le haut de la porte.

— Hé, Sara, qu'est-ce que tu regardes ?

— Rien, Simon, rien du tout. Tu ferais mieux d'aller aider maman pour le souper, c'est à ton tour.

— Hé ! Regarde ton chat, Sara ! Tu devrais lui trouver un nom, franchement. Tu peux pas l'appeler « Le Chat » ou « Minet » toute sa vie.

Le petit animal blanc bondissait dans le tas de feuilles qu'avait amassées Simon. Il se roulait en tous sens et donnait des coups de patte dans les airs pour attraper les feuilles voletant autour de lui.

Aussitôt que Simon eut disparu dans la maison, Sara se mit de nouveau à examiner la façade de la maison. Plus tôt dans la journée, elle avait pourtant remarqué, du bas de la colline, un écriteau de bois suspendu au-dessus de la porte. Mais à présent, elle ne voyait qu'un mur de vieux stuc bosselé, et rien ne pouvait lui laisser croire qu'un écriteau avait jadis été accroché à cet endroit.

Elle entra dans la maison pour vérifier un détail. Dans le bureau de son père, sur une des tablettes de la bibliothèque, se trouvait un grand livre intitulé *Auberges de campagne*. En feuilletant le volume, elle aperçut plusieurs photographies d'auberges dont la façade était ornée d'un écriteau de bois fixé sur un support en fer.

— C'est exactement ce que j'ai vu, murmura-t-elle en frémissant.

Elle courut jusqu'à sa chambre et leva le châssis de sa fenêtre le plus haut possible. Examinant attentivement la partie du mur située au-dessus de la porte, elle crut apercevoir un gros morceau de stuc plus foncé que le reste du mur. Elle prit alors sa longue règle de bois et se pencha hors de la fenêtre pour cogner sur le stuc avec sa règle. Peu à peu, le revêtement s'effrita sous les coups répétés. Puis, Sara vit apparaître un bout de fer rouillé qui sortait du mur.

Perplexe et soudainement fatiguée, elle s'assit par terre, près de la fenêtre. Elle tenta de mettre un peu d'ordre dans ses idées confuses. Il y avait donc bel et bien un écriteau à cet endroit ! Mais pourquoi lui était-il apparu lorsqu'elle s'apprêtait à gravir le sentier ? Simon et Jen, eux, n'avaient rien vu. L'écriteau n'était-il que le fruit de son imagination ? Peut-être inventait-elle des choses farfelues parce que son père lui avait dit que la maison était autrefois une auberge... Et si elle était en train de devenir folle ?

Sara ferma la fenêtre d'un geste brusque et descendit vite au rez-de-chaussée, désireuse de se mêler au train-train des activités familiales.

Cette nuit-là, la lune ressemblait à un immense disque argenté dans le ciel, et les feuilles semblaient se chuchoter de mystérieux messages. Encore une fois, Sara se réveilla.

Couchée dans son lit, les oreilles aux aguets, elle tenta de reconnaître le bruit qui l'avait réveillée. C'était le même son de clochettes qui tintaient dans la nuit. Sauf que cette fois-ci, au lieu de s'estomper, il s'accentuait toujours plus !

Complètement figée dans son lit, le visage à demi caché sous les draps et les yeux grands ouverts, elle tendait l'oreille de façon à entendre les moindres bruits. Le tintement des clochettes se rapprocha, puis il y eut des claquements de sabots. Une voix rauque cria « Ho ! Holà ! ».

Sara se précipita à sa fenêtre. La vieille route de la diligence s'étendait devant elle, silencieuse et déserte. Elle n'entendit plus que le bruissement des feuilles et le murmure du vent. Cependant, sa chambre sentait la lavande.

Le lendemain matin, Sara entra d'un pas énergique dans la chambre de Simon, qui dormait bien au chaud dans son lit. Elle retira toutes ses couvertures d'un geste sec et prit un ton militaire :

— Lève-toi, Simon ! Je veux te parler.

Simon se contenta de plisser le front et d'empoigner un drap pour se couvrir de nouveau.

— Va-t'en, Sara, laisse-moi dormir. Il est trop tôt.

Il s'enfouit la tête sous l'oreiller et se roula en boule compacte.

Sara restait debout à côté de lui, un verre d'eau à la main.

— Il est sept heures et demie. Tu te lèves ou je t'arrose ?

Par-dessous son oreiller, Simon regarda sa sœur d'un air interrogateur. Les yeux menaçants, elle inclinait légèrement son verre d'eau.

— Tu ferais pas ça, Sara, grogna-t-il en se recroquevillant encore plus.

— Ah non ? Mais regarde, c'est facile comme tout ! répondit-elle en versant l'eau sur ses pieds nus.

Les orteils glacés, Simon décocha un coup de pied à Sara, qui roula par terre. Il bondit alors sur elle et tous deux s'engagèrent dans un combat de judo et d'oreillers.

— Hé ! Calmez-vous un peu, vous deux, et venez déjeuner, lança leur père du corridor. Vous allez manquer votre autobus.

— Tu perds rien pour attendre, avertit Sara à voix basse, tout en bousculant Simon une dernière fois.

Simon courut à la salle de bain en récitant une petite comptine de son cru :

— Sara Flynn-la-pas-fine, c'est pas une grande dame, nanananananana !

« Gros niaiseux, pensa Sara, je n'ai jamais dit que je voulais être une dame. » Elle était convaincue que Simon était responsable des bruits qu'elle avait entendus au milieu de la nuit. Peut-être s'était-il caché dans les buissons sous sa fenêtre ? Il pourrait bien avoir apporté son magnétophone avec lui. En tout cas, elle ne tirerait rien de lui pour le moment.

Elle attacha ses cheveux en queue de cheval et réfléchit à une autre stratégie. La technique de l'attaque soudaine n'avait pas fonctionné. La prochaine fois, elle tenterait une approche plus subtile.

Une fois rendue à l'école, Sara ne pensa plus aux bruits de la nuit. C'était le jour des rencontres avec les parents.

À quatorze heures pile, elle était assise en face de mademoiselle Bennett, qui regardait la troisième chaise vide. Cinq longues minutes s'écoulèrent.

— Ta mère a bien dit qu'elle viendrait, n'est-ce pas, Sara ? demanda mademoiselle Bennett. Je dois rencontrer un autre parent à quatorze heures trente.

— Oui oui, dit Sara en grimaçant un sourire d'excuse. Le problème, c'est que ma mère n'est pas vraiment une championne de la ponctualité. Mais elle devrait arriver bientôt, je pense.

Comme elle disait ces mots, Laura Flynn entra en coup de vent dans la salle, laissant sur son passage une odeur de parfum mêlée de térébenthine. Elle avait les cheveux ébouriffés et le manteau boutonné tout de travers.

— Je suis désolée, mademoiselle Bennett, mais j'étais en train de peindre et le temps m'a filé entre les doigts.

Elle s'assit vite à sa place. Regardant sa fille, puis mademoiselle Bennett, elle leur fit un large sourire qui creusa deux fossettes dans ses joues. Sara et sa professeure lui pardonnèrent instantanément : personne ne pouvait en vouloir longtemps à Laura Flynn.

La professeure ouvrit le dossier de Sara et elles écoutèrent poliment ses commentaires. Sara travaillait plutôt bien mais pourrait faire beaucoup mieux. Si elle pouvait écouter plus attentivement et s'efforcer de ne pas trop rêvasser, elle serait une excellente élève.

Mademoiselle Bennett en était rendue à parler des aptitudes de Sara pour l'histoire et l'anglais lorsque Sara regarda sa mère du coin de l'œil. « Oh ! oh ! je sens que maman va dire quelque chose qui n'a aucun rapport avec mon dossier ! »

Comme de raison, dès que mademoiselle Bennett fit une pause pour respirer, madame Flynn joignit ses deux mains et se lança dans un compliment volubile :

— Oh, mademoiselle Bennett ! Vous avez de tels yeux ! Et votre peau ! Si vous pouviez seulement enlever vos lunettes et séparer vos cheveux au milieu, vous feriez une madone parfaite. Je voulais justement faire un tableau sur le thème de *La Mère et l'enfant*. Quand pourriez-vous poser pour moi ?

— S'il te plaît, maman, grommela Sara entre ses dents.

Rouge de honte et de colère, elle prit sa mère par le bras et l'entraîna vers la porte. Madame Flynn suivit Sara en continuant de bavarder sur l'opportunité de porter une robe bleue et une guimpe blanche pour représenter la Madone.

Sara se retourna avant de sortir de la salle et vit une expression de stupéfaction dans les yeux de sa professeure. Elle lui adressa un sourire chaleureux tout en disant :

— Merci, mademoiselle Bennett, à demain !

Mais sa mère n'avait pas terminé. Elle lança une dernière remarque par-dessus la tête de Sara :

— Alors, tant mieux si Sara fait des progrès !

Jen attendait son amie dans le corridor, tout près de la porte. Sara, qui sortit de la salle un peu avant sa mère, fut accueillie par Jen.

— Et puis, comment ça s'est passé cette fois-ci ?

— Comme d'habitude, soupira Sara.

— Peut-être que tu devrais avertir tes profs au sujet de ta mère, avant les rencontres, suggéra Jen à mi-voix.

— Sara, pourquoi ne m'avais-tu pas dit que ta professeure était si belle ? lui dit sa mère d'un ton de reproche, en s'approchant des deux filles.

— Je lui trouve rien de particulier, moi. Je pouvais pas deviner qu'elle ressemblait à une madone, répondit-elle en s'agrippant fermement au bras de sa mère pour l'empêcher de retourner dans la salle. On s'en va maintenant ?

— Mais oui, bien sûr. Cette rencontre était tout à fait réussie, je crois que nous devrions fêter cela. Que diriez-vous d'aller déguster des choux à la crème au restaurant ?

— Super bonne idée... même si je devrais pas, répondit Jen en regardant sa silhouette grassouillette. Tant pis, je me mettrai au régime demain. Maigre comme elle est, Sara peut bien manger tous les choux à la crème qu'elle veut, elle.

— Je suis pas maigre du tout, protesta Sara. Papa dit que je suis mince.

— En tout cas, maigres ou pas, nous voilà ! Hourra pour les choux à la crème !

chantonna Jen comme elles se dirigeaient vers la voiture.

Le soir venu, Sara glissa un petit sac de bonbons dans la poche de sa veste et cogna à la porte de Simon.

— Entrez ! cria-t-il d'une voix plus forte que celle qui chantait à tue-tête à la radio. Salut, Sara.

Sa sœur se laissa tomber sur le lit, à côté de Simon, et sortit les bonbons de sa poche. Simon les dévorait déjà des yeux, se léchant les lèvres de convoitise.

— C'est ma sorte préférée, Sara ! Je salive rien qu'à les regarder.

— Je le sais, et ils pourraient être à toi, si seulement...

Sara se tut un instant.

— Si quoi ? demanda Simon, tout à coup méfiant.

— Si et seulement si tu me dis pourquoi tu t'es amusé à faire ces bruits-là sous ma fenêtre la nuit passée.

Simon la regarda d'un air hébété, la bouche ouverte.

— Quels bruits ? J'ai rien fait, Sara, je te le jure !

— Essaye pas, espèce de petit monstre !

Tu devais te trouver bien fin en imitant les bruits de clochettes dont papa nous a parlé. J'imagine que ta trouvaille du « Ho ! Holà ! » était juste un petit extra pour me faire peur à ton goût, hein ?

Résigné à oublier ses bonbons, Simon la regardait parler avec des yeux de plus en plus ronds.

— Tu me fais pas marcher, Sara ? Tu as entendu une voix pour vrai ?

Il se mit à bondir sur son lit, grisé par l'histoire de sa sœur.

— Est-ce que je peux dormir dans ta chambre ce soir ? S'il te plaît ! Elle doit être hantée. Je vais mettre mon sac de couchage sur le plancher, tu t'apercevras même pas que je suis là. Allez, s'il te plaît !

Sara n'avait pas le choix de croire Simon : sa réaction paraissait trop sincère pour être fausse. Elle se leva et sortit de sa chambre, laissant là son appât de friandises.

— Non, il n'est pas question que tu dormes dans ma chambre. J'ai dû faire un cauchemar.

— Égoïste, ronchonna Simon tout en s'attaquant à ses bonbons.

Le samedi suivant, Sara lisait un roman, blottie sur le petit banc du corridor, à l'étage.

Elle avait d'abord tenté de lire dans son pommier, mais le vent frais d'automne l'avait chassée de son refuge et elle ne se sentait toujours pas à l'aise dans sa chambre. Le soleil chaud de l'après-midi entrait généreusement par la fenêtre du corridor, les baignant, elle et son chaton, d'un large rayon doré qui irisait sa fourrure blanche.

Réchauffée par le soleil, bercée par le ronron régulier de son petit chat, Sara s'assoupit peu à peu et laissa échapper son livre. Elle rêva que la première Sara Isabella montait l'escalier, vêtue de sa robe jaune. Mais elle se réveilla aussitôt en sursaut. Il y avait bel et bien quelqu'un dans l'escalier! Simon et ses parents étaient sortis, et super mamie faisait une sieste dans sa chambre. Alors, qui montait l'escalier?

La chair de poule aux bras, elle se fit toute petite dans l'embrasure de la fenêtre. Le bruit des pas se rapprochait très lentement, entrecoupé de silences.

Prenant son courage à deux mains, Sara tira légèrement sur le grand rideau qui la cachait et jeta un coup d'œil furtif. Elle vit apparaître une tête blanche aux reflets bleutés dans la cage d'escalier.

Elle poussa un soupir de soulagement. Ce n'était que super mamie. Elle n'était pourtant pas censée monter l'escalier. Sara ouvrit la bouche, mais elle ne put prononcer un seul mot. Super mamie semblait fragile et tremblante. Elle tenait fermement la rampe d'une main fine et veinée, et s'appuyait sur sa canne de l'autre main.

« Si je lui parle et qu'elle sursaute, elle pourrait bien tomber », pensa Sara, qui demeura donc silencieuse. Enfin arrivée en haut de l'escalier, super mamie s'arrêta pour reprendre son souffle. Puis elle poursuivit son chemin et entra dans la chambre de Sara.

Qu'allait-elle faire dans sa chambre ? Déposant son chaton sur le banc, Sara la suivit à pas feutrés jusqu'à la porte.

Assise dans le fauteuil à bascule, super mamie regardait fixement le lit à baldaquin. L'intense lumière du soleil provenant de la fenêtre éclairait son dos mais laissait son visage dans l'ombre, si bien que Sara ne pouvait voir l'expression de son arrière-grand-mère. Elle sentit toutefois son parfum de lavande.

— Sara Isabella, murmura super mamie d'une petite voix suppliante, où sont-elles ? Où sont-elles, Sara Isabella ?

Sara se tenait immobile sur le pas de la porte. Elle savait que super mamie ne lui parlait pas à elle.

— C'est moi, arrière-grand-mère... C'est Sara, dit-elle enfin d'un ton qu'elle voulait léger. Qu'est-ce que tu fais là ?

Surprise par cette voix bien réelle, la vieille dame sursauta et se frotta les yeux. Toute la douceur de sa voix était disparue lorsqu'elle répondit à Sara :

— Oh ! c'est toi, Sara ! Tu as raison, je n'aurais pas dû entrer dans cette chambre sans ta permission. Je m'en vais tout de suite.

Elle se leva sur-le-champ, mais elle se mit à osciller sur ses jambes. Son visage, figé de stupeur, blêmissait à vue d'œil. Les mains tremblantes, Sara accourut pour l'aider à se rasseoir dans son fauteuil.

— Mes pilules, Sara, souffla la vieille dame. Sur ma commode.

Sara partit comme un éclair et revint en moins de deux minutes avec les pilules.

— Ce n'est rien de grave, Sara, dit super mamie après avoir avalé son médicament. C'est simplement mon angine. Je n'aurais pas dû monter cet escalier.

— Mais pourquoi l'as-tu fait quand même ? demanda Sara, oubliant que son arrière-grand-mère détestait qu'on lui pose des questions.

— Simon m'a dit que tu avais entendu

des bruits, et j'ai pensé qu'il y avait peut-être quelque message à décoder ici. Mais est-ce que tu as vu quelque chose, Sara ? continua-t-elle en prenant le bras de Sara.

« Le petit bavard, songea Sara. Il va avoir de mes nouvelles, lui. »

— Quel message ? Vu quoi, super mamie ?

Mais son arrière-grand-mère n'était plus d'humeur à poursuivre l'entretien. Elle se leva de son fauteuil et, s'appuyant sur l'épaule de Sara, reprit son ton cassant :

— Aide-moi à descendre à ma chambre, veux-tu, et excuse-moi encore d'être entrée ici.

Ce soir-là, en montant l'escalier pour aller se coucher, Sara entendit des bruits provenant de sa chambre. Elle trouva Simon tout emmitouflé dans son sac de couchage, qu'il avait étendu par terre à côté du lit.

— Salut Sara, dit-il d'une voix mielleuse. J'ai décidé de venir te protéger des fantômes et de tous les autres périls de la nuit. Tu vois, j'ai même apporté mon épée, au cas où...

Il souleva son oreiller et l'extrémité du sac de couchage pour lui montrer son arme de bois.

Sara saisit l'autre bout du sac et le secoua

vigoureusement, jusqu'à ce que Simon soit forcé d'en sortir.

— Tu sors de ma chambre tout de suite ou je vais me fâcher ! hurla-t-elle en lui montrant la porte et en donnant un coup de pied sur le sac de couchage.

— Ça va, ça va, tempéra son frère, qui battit en retraite sans tarder. Tu es pas obligée de piquer une crise, quand même !

Sara s'effondra de tout son long sur le lit. C'en était trop pour elle ! Quelle semaine impossible ! Elle ne savait pas si elle devait en rire ou en pleurer. Si c'était cela, avoir douze ans, elle était prête à passer son tour : les disputes avec Jen, les bruits dans sa nouvelle chambre, son petit frère qui ne changerait jamais, la rencontre désastreuse entre sa professeure et sa mère, sans parler de super mamie, qui se comportait de façon toujours plus bizarre. Et comme si ce n'était pas suffisant de lui avoir volé son ancienne chambre, voilà qu'elle s'intéressait à sa nouvelle chambre !

Des larmes commencèrent à rouler sur ses joues. « Voyons donc, se gronda-t-elle intérieurement, arrête de pleurer comme un bébé. » Elle se leva péniblement de son lit pour se déshabiller, maugréant contre sa chambre encore trop froide. Après avoir éteint la lumière, elle se posta à la fenêtre pour observer la vieille route de la diligence. Du bas de la colline, les réverbères jetaient une lumière diffuse sur les arbres d'un noir d'encre. Agitées par le vent, les branches ressemblaient à des doigts féroces cherchant leur proie. Troublée par ce tableau sinistre, Sara détourna aussitôt son regard et contempla les lumières de la ville scintillant au loin.

Quelques heures plus tard, Sara se réveilla ; elle était assise dans son lit, le dos raide et les yeux grands ouverts. La fenêtre reluisait d'une inhabituelle lueur grisâtre. Était-ce l'aube déjà ? Elle obtint vite une réponse en entendant des bruits familiers — non pas les bruits du matin, mais ceux des clochettes de harnais.

Comme attirée par un aimant, Sara s'approcha de la fenêtre. Immobile devant la fenêtre, frissonnant de froid et de peur, elle fixait la vieille route. Mais ce n'était pas la route qu'elle connaissait.

Aucun buisson ne bouchait le chemin. La route, plus large et creusée d'ornières — comme celles que tracent les roues d'une voiture à cheval — serpentait jusqu'au bas de la colline puis se perdait dans un épais brouillard qui s'étirait en longues volutes vers le ciel. Le muret de pierres paraissait neuf et solide, et une petite haie bien taillée couronnait le sommet de la colline. Tous les réverbères étaient disparus.

Les sons de clochettes se rapprochèrent, accompagnés de claquements de sabots. Au moment où Sara entendit les cris d'un homme, le brouillard se dissipa pour laisser place à un paysage vaporeux : une diligence tirée par quatre chevaux gravissait la colline, en direction de la maison.

Chapitre 8

Sara éternua deux fois, et la vision s'effaça aussitôt. Lorsqu'elle rouvrit les yeux, la diligence avait disparu. Son père se tenait dans l'embrasure de la porte, enveloppé dans une vieille couverture de laine à carreaux. Il regardait sa fille d'un air inquiet.

— Sara, que fais-tu debout à une heure pareille ?

Il passa son bras autour de ses épaules et lui prit la main.

— Mais tes mains sont glacées ! Retourne vite te coucher. Depuis combien de temps es-tu levée ?

Sans ses lunettes, il la fixait en clignant des yeux comme un hibou.

Sara s'obstinait toutefois à rester près de la fenêtre. La vieille route s'étendait devant elle, cahoteuse et jonchée d'herbes comme elle l'avait toujours connue. Même dans la timide lumière précédant l'aube, elle semblait tout à fait normale.

— J'ai cru apercevoir une diligence sur la route, papa. Mais le brouillard était tellement épais que j'avais du mal à bien voir.

Son père éclata de rire.

— Tu as rêvé, Sara, et peut-être même que tu étais somnambule. Maintenant, tu vas retourner dormir.

Elle se laissa conduire à son lit par monsieur Flynn, qui la couvrit et lui donna un baiser sur le front.

— Dors bien et ne pense plus aux diligences fantômes. Toutes ces histoires de famille t'ont trop impressionnée. Tiens, ajouta-t-il en glissant le chaton sous les couvertures de Sara, c'est mieux que n'importe quelle bouillotte. Monsieur Je-ne-sais-pas-qui va te réchauffer dans le temps de le dire.

Le chaton vint se blottir contre Sara. Elle s'endormit le sourire aux lèvres, dans la douce chaleur de ses draps.

Buvant son café du matin, Laura Flynn regardait sa fille d'un air soucieux.

— Tu es bien pâle ce matin, Sara, et tu as de grands cernes bleus sous les yeux. As-tu bien dormi ?

Sara se sentit tout à coup fragile et frileuse.

— Je suis fatiguée, maman, dit-elle d'une voix faible en levant des yeux piteux vers elle.

— Eh bien, ton père et Simon emmènent super mamie à l'église ce matin. Il vaudrait mieux que tu restes à la maison aujourd'hui. Tu pourras t'étendre sur le divan, dans mon studio, pendant que je travaille.

Sara acquiesça de la tête en sirotant délicatement son verre de lait. Elle se sentait d'humeur à se faire dorloter.

Son père se mit à rire.

— Je crois que Sara a fait un cauchemar qui l'a glacée d'effroi, cette nuit.

Sara sentit aussitôt deux paires d'yeux fixés sur elle : ceux de super mamie, d'un bleu acier, et les yeux marron de Simon, pétillants de curiosité.

— Hé, qu'est-ce que tu as vu, Sara ? Dis-le, dis-le !

— Rien, dit-elle sèchement en lui donnant un petit coup de pied sous la table.

— Il se peut que tu aies un don de famille, Sara, affirma calmement super mamie tout en continuant d'étendre la confiture sur ses rôties.

Sa remarque fit tourner tous les regards vers elle.

— Que voulez-vous dire, grand-mère ? demanda James Flynn.

— Précisément ce que j'ai dit. Plusieurs membres de la famille ont eu le don de double vue, au moins un toutes les deux générations.

— C'est quoi, la vue double... euh... la double vue ? demanda Simon.

— C'est la faculté de voir par l'esprit des fragments du passé ou de l'avenir, répondit super mamie d'un ton presque indifférent, comme si elle parlait de la pluie et du beau temps.

— Wow ! Aïe, aïe, aïe ! s'exclama Simon.

— Bon, bon, un instant, interrompit son père, ne nous emballons pas. Je suis sûr que Sara a tout simplement rêvé, comme il nous arrive à tous de le faire.

— Tu peux bien faire tous les « bon, bon » que tu voudras, James, mais je sais de quoi je parle, coupa super mamie en frappant la table de sa main raide. Il y a des forces invisibles à l'œuvre dans cette maison, et il se peut très bien que Sara soit l'instrument de ces forces.

— Mon Dieu, c'est à faire frémir ! commenta madame Flynn en secouant les épaules. Changeons de sujet, le seul fait d'entendre parler de ces choses-là me donne la chair de poule.

— En ce qui me concerne, la seule force invisible que je connaisse, c'est le temps ! lança James Flynn à la blague en se levant de table. Allez, grand-mère et Simon, le temps file et la messe va commencer bientôt.

Sara ne broncha pas de sa chaise, apparemment indifférente à la conversation. C'était comme s'ils avaient parlé d'une autre personne. Elle ne voulait même pas penser à ce que venait de dire son arrière-grand-mère.

Sa mère lui tapota doucement l'épaule.

— Viens, ma chérie. Aide-moi à emplir le lave-vaisselle, et nous irons dans le studio ensuite.

Sara se cala confortablement dans un coin du divan, parmi des tas de coussins bigarrés, et tourna son visage vers le soleil qui entrait à flots par l'immense lucarne. De nombreux tableaux reposaient çà et là, empilés contre les murs de la pièce, et l'air était chargé d'une lourde odeur d'huile et de térébenthine. Vêtue de son sarrau bariolé de peinture, Laura Flynn se tenait devant un grand chevalet de bois, étendant sur sa palette des gribouillis de couleurs vives.

Sara feuilletait des vieux magazines, mais

elle était incapable de lire. Son esprit la ramenait sans cesse à tout ce qui s'était produit depuis le jour de son anniversaire : les tintements de clochettes, l'arrivée de super mamie, le portrait de Sara Isabella, sa ressemblance frappante avec ce portrait, la visite de super mamie dans sa nouvelle chambre et ses commentaires sur le don de double vue. Que pouvait bien signifier tout cela ?

Elle ne dit pas un mot à sa mère des pensées qui lui trottaient dans la tête. Une règle tacite voulait que quiconque était invité au studio ne devait pas parler pendant que l'artiste était à l'œuvre.

Songeant à la nuit passée, Sara se dit que tous les événements récents étaient sans doute liés à la vieille route de la diligence. Peut-être même trouverait-elle une réponse sur place. Elle irait explorer les lieux, décida-t-elle.

Elle sortit du studio sur la pointe des pieds, prit un vieux chandail qui traînait dans la véranda et se dirigea vers les lieux de son enquête.

Rien du paysage familier ne semblait vraiment changé : ni l'ancien muret de pierres, affaissé sous le poids des ans, ni les vestiges de l'ancienne route, maintenant envahie par l'herbe et quelques buissons. Les arbres avaient perdu presque toutes leurs feuilles, emportées par le vent de la nuit. Rien n'arrêtait le regard jusqu'au bas de la colline. Tout était parfaitement normal.

« J'ai rêvé, conclut Sara, ce n'était qu'un cauchemar. » Tout à coup, des bruits de clochettes parvinrent à ses oreilles. Le sang glacé, elle se cacha la bouche d'une main en apercevant un cavalier solitaire au bas de la route.

Elle éprouva un immense soulagement en reconnaissant l'homme à cheval. Il ne s'agissait nullement d'un cavalier fantôme, mais simplement du voisin, monsieur Martin, qui promenait Ramona. Sara espérait qu'il ne serait pas trop grincheux ce matin-là : elle voulait lui poser une question. Il ramena sa jument au pas et s'arrêta près de Sara, la regardant du haut de sa selle.

— Bonjour, Sara. Ramona a besoin d'une petite pause. Elle est tout essoufflée d'avoir monté une pente aussi raide.

D'un geste timide, Sara flatta le lourd flanc du cheval.

— Mon père m'a dit qu'il y avait autrefois des diligences qui passaient par ici. Ce devait être dur pour les chevaux de tirer la voiture jusqu'en haut de la route.

— Certainement, mais si le cocher se préoccupait le moindrement de ses chevaux, je suppose qu'il devait faire descendre les passagers et leur demander de monter à pied.

— Est-ce que ça vous arrive de vous promener à cheval la nuit ?

— La nuit ? Jamais de la vie ! Ce serait beaucoup trop dangereux. Bon, en route ! Au revoir, fillette.

Il fit demi-tour et repartit vers l'écurie.

« En tout cas, ce n'est pas lui », pensa Sara. Si monsieur Martin ne se promenait pas à cheval la nuit, alors qui l'avait réveillée ? Serait-il possible que super mamie ait raison ? Avait-elle hérité d'un étrange don de famille ? L'idée la faisait frissonner, malgré la chaleur du soleil. Elle n'y penserait plus, point à la ligne. D'ailleurs, qu'avait-elle à faire du passé ? Le présent était déjà si compliqué...

Fredonnant une petite mélodie, elle se pencha pour ramasser des feuilles. Elle s'appliqua à choisir les plus jolies pour confectionner un milieu de table, oubliant pour le moment ses visions nocturnes.

Le lundi suivant, après l'école, Sara rejoignit Jen à l'arrêt d'autobus.

— Jen, je vais revenir à pied. Il faut que je passe prendre super mamie au salon de coiffure et que je la ramène à la maison. Viens-tu avec moi ?

Jen pencha la tête et fronça son petit nez rond.

— À vrai dire, l'idée de voir ton arrière-grand-mère ne m'enchante pas beaucoup... Mais on pourrait s'amuser à faire du lèche-vitrine en l'attendant. D'accord, je t'accompagne.

Elle hocha gravement la tête, comme si elle accordait une grande faveur à son amie.

Elles se rendirent au centre commercial d'un pas nonchalant et trouvèrent le salon de coiffure, une vaste boutique au mobilier de soie lilas et aux comptoirs en acier chromé. Pendant que Sara s'informait auprès de la réceptionniste, Jen examinait un étalage de perruques.

— Super mamie en a encore pour un moment.

— C'est parfait, allons regarder les vitrines.

Le lèche-vitrine était un de leurs passe-temps favoris, auquel elles s'adonnaient depuis de longues années. L'un des avantages de ce jeu était qu'il ne leur coûtait pas un sou. Devant chaque vitrine — la règle était stricte, aucune ne devait être omise — elles se posaient invariablement la grande question :

— Alors, si tu étais obligée d'acheter quelque chose dans ce magasin, qu'est-ce que tu prendrais?

Il était interdit de se défiler devant une vitrine remplie d'objets inintéressants. Il fallait absolument faire un choix.

Les boutiques de vêtements étaient les plus faciles, suivies des magasins à rayons. Le plus drôle, c'était lorsqu'elles tombaient sur une quincaillerie, un bazar de meubles usagés ou une petite cordonnerie miteuse. Elles en étaient souvent réduites à choisir entre différents types de marteaux, de scies électriques, de semelles ou encore de laisses pour chien: elles se retrouvaient avec les pires objets possibles. Elles riaient tellement qu'elles arrivèrent tout essoufflées à la dernière vitrine, une boutique de coiffeur pour hommes.

— Je crois que je vais prendre le Regénérateur pour cheveux *Réponse miracle*, déclara Jen le plus sérieusement du monde.

— Bon, alors moi, je préfère la Lotion pour massage du cuir chevelu *Dermex.*

Toutes deux se tordaient de rire, appuyées contre la vitrine du coiffeur pour hommes. Jen regarda sa montre.

— C'est l'heure d'aller chercher ta chère parente, Sara.

Comme elles marchaient en direction du salon de coiffure, Sara prit soudainement le bras de Jen.

— As-tu déjà entendu parler de la double vue, Jen ?

Étonnée, Jen s'arrêta un moment.

— Je pense pas, non. C'est quoi ?

— Je suis pas trop sûre, mais je pense que c'est quand on peut deviner le passé ou l'avenir. Super mamie pense que j'ai le don de double vue.

Jen accueillit la réponse de Sara d'un petit rire moqueur.

— Franchement, Sara, dis-moi pas que tu crois aux histoires de grands-mères ! Décidément, cette vieille femme va finir par t'influencer. Ne sois donc pas si stupide.

— Premièrement, je ne suis pas stupide, protesta furieusement Sara et, deuxièmement, ne traite pas super mamie de vieille femme. C'est méchant.

— Eh bien, le fait est que c'est une vieille femme et que tu as changé depuis son arrivée. Tu n'es plus la même depuis qu'elle t'a montré le fameux portrait. Madame se prend pour une autre parce que madame a un ancêtre. Tu m'énerves avec tes histoires, Sara Flynn. J'en ai jusque-là !

Jen mit la main au-dessus de sa tête, les yeux étincelants de rage. Puis elle partit vers l'arrêt d'autobus d'un pas précipité.

Sara sentit monter une bouffée de colère, qui se transforma peu à peu en tristesse. Elle regarda Jen s'éloigner en soupirant. « C'est bien la dernière fois que j'essaie de lui dire quelque chose, à elle », pensa-t-elle en haussant les épaules. Elle retourna au salon de coiffure, où l'attendait son arrière-grand-mère.

— Je croyais avoir vu Jen avec toi, Sara. Où est-elle ? Devons-nous l'attendre ?

— Non, super mamie, on s'est chicanées et elle est partie.

— Ce sont des choses qui arrivent, ma chérie, dit super mamie en lui prenant doucement le bras. Tu vas voir, elle va revenir dans un jour ou deux.

Sara était surprise de trouver tant de compréhension et de douceur en super mamie. Ce n'était pas dans ses habitudes.

— Je sais même plus si ça me dérange, en fait. Allons-y, arrière-grand-mère, l'arrêt d'autobus est juste à un coin de rue.

Super mamie frappa le plancher d'un petit coup de canne.

— Non merci, pas pour moi. Je suis fatiguée et je n'ai guère envie de me faire bringuebaler dans un vieil autobus. Demande plutôt à la jeune fille d'appeler un taxi pour nous.

Le soir venu, Sara était tellement épuisée qu'elle s'endormit dès qu'elle posa la tête sur l'oreiller.

Les tintements de clochettes la tirèrent de son sommeil. La chambre était glacée. Une fois de plus, la fenêtre reluisait d'une lumière irréelle, et la pièce embaumait la lavande.

Sara s'assit dans son lit et observa la fenêtre illuminée. Attirée vers le pied du lit, elle s'agrippa à la colonne de noyer et regarda par la fenêtre.

La vieille route de la diligence et le muret de pierres avaient repris leur air de jeunesse. Aucun buisson n'entravait la voie. Une diligence émergea du brouillard au bas de la colline. Arrivée à la partie la plus abrupte du chemin, la voiture fit halte et laissa descendre ses passagers. Une grande silhouette noire tendit le bras vers une autre, plus petite, celle d'une femme vêtue d'un manteau bleu. En descendant de la diligence, la dame tourna la tête vers la maison, au sommet de la colline. En un instant, la scène se voila de brume, mais Sara put apercevoir un visage blanc encadré par de longues boucles foncées.

Elle retint son souffle, posant les mains sur la vitre et s'efforçant de distinguer de nouveaux détails. Mais dès qu'elle toucha la fenêtre glacée, l'image disparut. La diligence s'enveloppa alors d'un épais brouillard, et la route reprit son aspect négligé. Une lune ronde aux contours nets éclairait la voûte céleste et jetait une lumière froide et blanche sur le muret de pierres délabré.

Lentement, Sara regagna son lit. La vision ne l'avait pas effrayée cette fois-ci. Étendue sur le dos, elle contemplait la lune. La dame lui avait semblé familière. Sara n'avait qu'entrevu son visage, mais elle était persuadée qu'elle la connaissait. Où l'avait-elle vue ?

Le lendemain matin, Sara ne souffla mot à personne de son aventure. Elle savait que le fait de la raconter créerait trop d'agitation pour rien : elle ne voulait pas subir l'enthousiasme débordant de Simon ni entendre les remarques de super mamie sur la double vue. Tout au long de la journée, à l'école, elle tenta d'effacer l'épisode de sa mémoire. Mais il ne cessait de bourdonner dans un coin de son esprit, comme une mouche agaçante.

Même après l'école, au cours de ballet, Sara ne put s'en débarrasser. Elle exécutait mécaniquement ses exercices à la barre, à peine attentive aux échos du piano résonnant dans le grand studio. Son esprit n'était pas très réceptif aux techniques du plié et du fouetté. Vint ensuite un numéro de danse exténuant qui se terminait par des exercices au sol.

— Flynn ! gronda l'instructeur, concentre-toi un peu ! Tu dois compter, un deux, trois, et ne penser qu'à la danse. Oublie tout le reste. Fais comme si tu étais un vase vide et laisse la musique entrer en toi, par les pieds, par les bras...

— L'entends-tu ? dit une voix haletante à côté de Sara. Un vase ! Le vase va déborder, si ça continue.

Sara n'écoutait pas sa voisine. Elle se regardait dans le miroir géant qui occupait un mur entier.

Elle savait, à présent. Elle savait pourquoi la silhouette de la diligence lui avait semblé familière.

Marmottant une vague parole d'excuse, elle laissa l'instructeur bouche bée et courut au vestiaire. Sautant dans ses vêtements, elle fila vers l'arrêt d'autobus.

L'autobus avançait lentement, s'arrêtant à chaque coin de rue. « Vite, vite ! », s'impatientait Sara. Elle arriva enfin au pied de la vieille route de la diligence. Apercevrait-elle l'écriteau de bois au-dessus de la porte ? Elle ne vit rien. La maison et la route étaient tout à fait normales.

Sara grimpa la pente raide à toute vitesse, évitant les buissons et les roches. Elle entra par la porte arrière, puis traversa la cuisine et le corridor comme une flèche. N'hésitant qu'une seconde devant la porte fermée, elle entra dans la chambre de super mamie et se dirigea droit vers le foyer.

La pièce n'était éclairée que par une petite lampe posée sur la tablette de la cheminée. Le rond de lumière douce, dirigée vers le tableau, soulignait les moindres plis du satin jaune et faisait chatoyer la nacre des perles.

Sara fixait les yeux verts d'un regard accusateur.

— Alors, c'était toi, murmura-t-elle. C'était bien toi.

Seule la respiration bruyante de Sara brisait le silence de la chambre. Les yeux du portrait semblaient prendre vie sous le regard de Sara, comme s'ils lui répondaient. « Comme si elle plaidait sa cause », songea Sara.

— Qu'est-ce que tu veux?

Sara ne savait pas si elle avait prononcé ces mots à voix haute ou les avait simplement pensés, mais ils flottaient dans l'air. Elle s'attendait presque à voir remuer les lèvres peintes.

Sara étendit la main vers la tablette de la cheminée et la posa sur une petite boîte en porcelaine. Elle toucha les fleurs en émail roses et violettes qui ornaient la boîte. Elle aimait sentir sous ses doigts les motifs rebondis des oiseaux d'émail ainsi que l'anse en forme de bouton de rose. Soulevant le couvercle ébréché, elle vit un tas de petites fleurs séchées, brunes et pourpres. Elle les remua de l'index, et une odeur de lavande se répandit dans la chambre.

— C'est de la lavande, Sara.

Sara tressaillit et pivota sur elle-même, mais c'était seulement super mamie.

— Cette vieille boîte est dans la famille Flynn depuis des générations. Elle a toujours été remplie de lavande.

— Est-ce qu'elle lui appartenait ? demanda Sara en levant les yeux vers le tableau.

— Personne ne s'en souvient. Aimes-tu le parfum de lavande, Sara ?

— Non.

— Assieds-toi, ma petite. Tu as l'air épuisée. Je devine à ton odeur que tu reviens de ton cours de ballet, ajouta super mamie en plissant le nez. Je ne comprendrai jamais pourquoi les jeunes filles d'aujourd'hui doivent se donner toute cette misère. Dans mon temps, on évitait à tout prix de transpirer pour rien. De nos jours, on dirait que cela fait partie d'un mode de vie.

Sara esquissa un sourire. Elle ne se sentait pas la force de défendre son cours de ballet, et elle avait la tête ailleurs. Elle regarda de nouveau le portrait, mais cette fois elle ne vit qu'un visage peint, immobile. Comment avait-elle pu croire qu'une peinture lui répondrait ?

Super mamie s'installa dans un fauteuil en face de Sara. Jetant un regard au tableau, elle lui demanda d'un air détaché :

— Au fait, est-ce que je t'ai déjà raconté l'histoire de ces perles ?

— Non, mais il me semble que tu as dit à Jen qu'elles avaient été perdues. Qu'est-ce qui est arrivé ?

— Les perles de la famille Flynn étaient célèbres : parfaitement identiques et de grande valeur. Peu importe ce qui arrivait à la fortune de la famille, les perles n'ont jamais été vendues ; elles étaient léguées à l'aîné des enfants. Il y eut de nombreuses disputes entre les Flynn à propos de ce collier, mais jamais il n'est sorti de la famille — du moins, jusqu'à la mort de Sara Isabella.

— Elle l'a vendu ou perdu ?

— Ni l'un ni l'autre. Elle l'a caché !

— Caché ! Pourquoi ?

— Sara Isabella a caché les perles pour les protéger de son mari. Edward Flynn était un bel homme, malheureusement très insouciant. Il adorait sa femme, mais sa plus grande passion était le jeu. Il était en quelque sorte rongé par la maladie du jeu.

Super mamie relatait ces faits comme si elle parlait d'un proche parent et non d'un ancêtre mort depuis longtemps. Sara était captivée par son récit.

— Ses dettes de jeu s'accumulaient. Il avait déjà dilapidé une bonne partie de la fortune familiale, et les revenus de l'auberge n'étaient pas très élevés. Un jour, comme ils s'apprêtaient à rendre visite à des parents, Edward annonça à sa femme qu'il vendrait les perles dès leur retour, pour régler ses dettes.

Le regard de Sara se porta sur la peinture. Soudain, toutes les pièces du casse-tête commencèrent à s'ordonner dans son esprit. Elle se rappela la scène qu'elle avait aperçue (rêvée ?) dès la première nuit passée dans sa nouvelle chambre. La dame en robe jaune qui sanglotait, l'homme qui se penchait vers elle d'un air menaçant... tout cela lui revint en mémoire. Voilà pourquoi la main sur le portrait semblait protéger si jalousement le collier de perles!

— Mais qu'est-ce qui est arrivé, super mamie?

Sara devait absolument connaître la suite. Elle se sentait plus fébrile que jamais. La dame majestueuse assise en face d'elle se tut quelques secondes, puis poursuivit son récit:

— Le soir où ils revinrent de leur voyage, l'auberge était remplie de visiteurs. Il y avait beaucoup de brouhaha, et Sara Isabella monta directement à sa chambre parce qu'elle se sentait un peu souffrante. Cette nuit-là, elle accoucha d'un fils. Elle mourut le lendemain matin, au lever du soleil.

— Oh! Mais elle était encore très jeune, remarqua Sara en regardant le portrait.

— Dans ce temps-là, beaucoup de jeunes femmes mouraient des suites d'un accouchement. Plus tard, lorsqu'ils s'occupèrent de trier ses objets personnels, ils découvrirent que les perles étaient disparues. Elle n'avait même pas eu le temps de défaire ses valises en revenant de voyage. Son mari affirma qu'elle portait le collier durant le voyage de retour.

— Peut-être qu'elle se l'est fait voler ou qu'elle l'a perdu, suggéra Sara sans grande conviction.

Elle avait l'étrange pressentiment que toute cette histoire allait déboucher sur quelque chose.

— Non, Sara. Cependant, son mari et le docteur se souvinrent que, juste avant de mourir, elle s'était assise dans son lit et avait murmuré quelque chose au sujet d'un mur. Sur le moment, ils n'avaient pas prêté attention à ce détail ; mais après coup, ils pensèrent qu'elle avait dû cacher le collier dans les boiseries du mur de sa chambre. Son mari fit abattre le mur, en vain : il ne retrouva pas les perles. Il dut alors vendre une partie du terrain pour payer ses dettes.

Super mamie regarda gravement son arrière-petite-fille.

— Cette histoire t'inspire-t-elle quelque chose en particulier, Sara ?

Sara secoua la tête. Elle n'avait pas l'intention de lui raconter ses rêves... en tout cas, ses drôles d'expériences.

— C'était très intéressant, super mamie. Je n'en avais jamais entendu parler. Bon, il faut que je me sauve, maman va se demander où je suis.

Super mamie pinça les lèvres en soupirant.

— Sara, je t'en prie, prends ta douche avant le souper.

Sara sourit en refermant la porte derrière elle. Super mamie était vraiment imprévisible : elle pouvait lui raconter des histoires étranges et terminer son récit par un commentaire sur son odeur.

Une fois sous la pluie chaude et drue de la douche, Sara tenta de rassembler ses esprits. La femme qu'elle avait vue descendre de la diligence était bien celle du portrait, cela ne faisait plus aucun doute.

Pourquoi son arrière-grand-mère lui avait-elle raconté l'histoire des perles ? Sara avait senti qu'elle la regardait attentivement pendant qu'elle lui parlait. Croyait-elle que Sara avait quelque chose à voir avec cette histoire ? D'ailleurs, s'agissait-il d'une histoire vraie ? Super mamie aurait aussi bien pu inventer l'affaire de A à Z. Mais pourquoi ?

Le commentaire de son père au sujet d'un motif secret lui revint en mémoire.

Elle s'enroula dans une épaisse serviette et décida d'oublier le sujet pour le moment. Ses parents recevaient des amis ce soir-là, ce n'était donc pas le moment de poser ce genre de questions à son père. Demain, toutefois, dès son retour de l'école, elle s'organiserait pour lui parler en privé : elle lui raconterait ses rêves et l'histoire de super mamie, puis lui demanderait ce qu'il en pensait.

Le vendredi, à l'école, Jen, qui l'avait ignorée une partie de la semaine, salua chaleureusement Sara, comme si elles s'étaient quittées les meilleures amies du monde. « C'est bien Jen, pensa Sara. Lundi elle me crie dans les oreilles, quelques jours plus tard elle me saute dans les bras. »

En arrivant chez eux, Sara et Simon trouvèrent la maison en plein remue-ménage. La vieille voiture familiale était stationnée devant l'entrée, et leurs parents transportaient des tableaux et des valises.

— Vous voilà, mes chéris ! lança leur mère, qui enfilait non sans peine une veste de tweed. Juste à temps pour qu'on se dise bonjour. On s'en va à Toronto pour mon exposition. Bon, soyez gentils avec super mamie et ne mangez pas trop de biscuits. J'ai laissé des numéros de téléphone sur le frigo, au cas où. Nous revenons demain soir.

— Salut ! cria Simon à la voiture en marche. Vends beaucoup de tableaux, je veux des patins neufs !

— Je croyais que tu avais d'autres plans pour les obtenir, railla Sara.

Elle avait oublié l'exposition de sa mère. Elle ne pourrait donc pas parler à son père, et c'est Simon qui venait d'écoper de sa frustration.

Après le souper, Sara ne savait pas comment passer le temps. Super mamie écoutait la radio dans sa chambre, et Simon était collé sur le divan, les yeux rivés à l'écran de télévision. Sara se cherchait de la compagnie, alors elle appela Jen.

— Veux-tu venir coucher chez moi? J'ai quelque chose à te dire.

— Oui, aucun problème! dit-elle d'une voix forte et claire. J'arrive tout de suite. As-tu rencontré quelqu'un?

— Non, Jen, je n'ai pas rencontré *quelqu'un*, comme tu dis. Je ne suis pas en amour.

— Ah bon! Eh bien, j'arrive dans quelques minutes.

Jen semblait déçue. En raccrochant, Sara regrettait presque de l'avoir appelée. Jen s'était tellement moquée d'elle dernièrement à cause de ses expériences bizarres, du moins pour ce qu'elle en savait. Peut-être recommencerait-elle de plus belle ce soir. Mais Sara voulait parler à quelqu'un. Super mamie n'avait pas l'air dans son assiette, et il était hors de question de se confier à Simon. Elle devait se contenter de Jen avant que ses parents ne reviennent.

Finalement, Sara raconta à Jen tout ce qui lui était arrivé, y compris le récit que lui avait fait son arrière-grand-mère. Jen écoutait avec de grands yeux ronds, les mains sur la bouche tant elle était étonnée.

— Oh, Sara ! C'est exactement comme un roman à énigmes : *Le mystère des perles disparues*. Dès que j'ai vu le collier, j'ai senti qu'il avait beaucoup de valeur.

— Oui, mais oublie les perles pour un instant. Moi, ce que je veux savoir, c'est pourquoi je fais des rêves si étranges, pourquoi j'ai ces visions-là, si on peut appeler ça des visions.

Pendant qu'elles parlaient, il y eut un petit bruit de grattement à la porte de la chambre. Elles se regardèrent les yeux dans les yeux, et Sara en oublia ce qu'elle était en train de dire. Elle avait la gorge serrée.

— Qu'est-ce que c'est ? chuchota Jen en se cachant derrière le lit.

— Aucune idée, répondit Sara, qui bouscula Jen pour se blottir à ses côtés.

Elles entendirent un nouveau bruit de grattement, puis un faible toc toc.

— Entrez ! chevrota Sara, qui essayait d'avoir l'air brave.

La porte s'ouvrit tout d'un coup et Jen poussa un cri d'effroi. Une immense tête de hibou apparut dans la porte, leur lançant des regards mauvais de ses gros yeux vitreux aux prunelles orangées. Collées l'une contre l'autre, les deux jeunes filles se recroquevillèrent contre le lit en poussant de petits cris.

Simon fit alors son apparition, vêtu de son pyjama rayé, les cheveux voilés de toiles d'araignée et brandissant d'une main un gros hibou empaillé. Il se tenait devant elles, le visage grimaçant et les pieds garnis de quelques plumes.

— Simon ! cria Sara, espèce de petit monstre ! D'où est-ce que tu sors cette horrible créature ?

— Du grenier. Super mamie m'a dit qu'il y avait un oiseau empaillé là-haut, et que je pouvais le garder. J'ai pensé que ce serait drôle de vous faire peur, et j'avais bien raison. Jen, ton cri était vraiment super, bravo !

— Tu veux dire que tu viens de monter au grenier et que tu l'as trouvé tout seul ? demanda Sara d'un ton sceptique.

— Ben oui, pourquoi pas ? Tu le trouves pas beau, mon hibou ? Je vais le mettre dans ma chambre.

— C'est dégoûtant, si tu veux mon avis ! cria Sara d'une voix pleine de mépris. Regarde, il perd toutes ses plumes, et il doit être plein de petites bestioles. Sors-le d'ici tout de suite !

— Vous, les filles, vous savez pas reconnaître l'art, jugea Simon avec hauteur.

Il quitta la chambre sur ces mots, laissant derrière lui une traînée de plumes.

— J'avoue que je le trouve quand même brave, ronchonna Jen. Moi, je ne monterais pas toute seule dans un vieux grenier le soir. Dis donc, Sara, ajouta-t-elle en flattant le chaton roulé sur le lit, quand est-ce que tu vas lui donner un nom ? Le pauvre petit, il est anonyme depuis sa naissance.

— Bof, je sais pas. On dirait que j'arrive pas à me décider. Je trouve un nouveau nom à chaque jour. De toute façon, il répond quand je l'appelle *Minet*. C'est peut-être parce qu'il préfère ce nom-là.

— C'est un nom insignifiant, répliqua Jen tout net.

— Allons dormir. On va avoir besoin de sommeil, si jamais on reçoit une petite visite cette nuit.

Elles passèrent des heures à chuchoter et à ricaner, incapables de s'endormir. Chaque petit bruit faisait sursauter Jen, qui levait la tête et regardait autour d'elle.

— As-tu entendu, Sara ?

— Ah Jen ! recouche-toi et calme-toi un peu ! C'est seulement le vent. Tu ferais peur à n'importe quel fantôme avec ta méfiance.

— Ces vieilles maisons, ça fait toutes sortes de bruits bizarres, grommela Jen. J'ai jamais entendu autant de craquements, de grattements et de murmures de toute ma vie. Comment peux-tu endurer une telle symphonie en pleine nuit ?

— Je les entends pas, tout simplement. Si tu vivais ici, tu t'habituerais.

— Mais qu'est-ce que c'est ?

— Probablement des écureuils dans le grenier.

— Tu parles ! dit Jen entre ses dents, à demi endormie.

Étendue sur le dos, Sara observait les ombres des branches dansant au plafond. Elle espérait qu'il arrive quelque chose. Avec Jen à ses côtés, elle sentait qu'elle pourrait affronter n'importe quelle apparition. Finalement, elle ne regrettait pas de s'être confiée à Jen.

Lorsqu'elle se réveilla, il faisait jour, et Jen lui secouait le bras.

— Eh bien, tes visiteurs fantômes, ils ont manqué leur rendez-vous ! Je suis restée éveillée toute la nuit, et j'ai rien vu du tout. Es-tu sûre que tu n'as pas rêvé ?

Sara lui lança un oreiller et la fixa droit dans les yeux.

— Jen Webster, tu t'es endormie avant moi. Je t'ai entendue ronfler.

— Moi, ronfler ? Impossible, rétorqua Jen en lui remettant son coup d'oreiller. Allez, c'est samedi ! Profitons-en, continua-t-elle en jetant un regard par la fenêtre. C'est la journée parfaite pour faire du vélo. Mais sérieusement, Sara, je me demande pourquoi il n'est rien arrivé cette nuit.

— Tant mieux s'il n'est rien arrivé ! répondit Sara. J'en ai assez des manifestations nocturnes.

— Bon, encore des grands mots pour rien, grogna Jen. Tu pourrais pas parler pour te faire comprendre ?

Elles remplirent un sac à dos de sandwichs et de fruits et partirent à bicyclette sous un ciel sans nuages. Respirant l'air vif de cette belle journée d'automne, elles pédalèrent le long de la rivière, admirant au loin un paysage de collines pourprées. Elles s'arrêtèrent un moment au bord de l'eau et se choisirent une grosse roche chaude pour se reposer. Les flots agités de la rivière formaient de petits tourbillons sur le rivage et laissaient des mousses d'écume sur les rocs.

— Je pourrais pédaler toute la journée par un temps pareil, dit Sara.

— Tiens, on pourrait barboter dans l'eau, suggéra Jen en ôtant ses espadrilles. Hou ! Brrrr ! C'est froid !

Imitant son amie, Sara plongea ses pieds nus dans l'eau glacée.

— En tout cas, c'est rafraîchissant !

Elles agitèrent leurs orteils un petit moment, jusqu'à ce qu'ils soient tout engourdis, puis s'essuyèrent les pieds avec leurs chaussettes. Comme elles sortaient leurs victuailles du sac à dos, Jen se remit à penser à la nuit passée dans la vieille demeure.

— J'imagine que tes fantômes ont eu peur de revenir parce que j'étais là, tu penses pas ?

— Oui, c'est possible. Il faut dire aussi que tu n'es pas une Flynn.

Jen ne savait pas si elle devait interpréter cette remarque comme une insulte.

— Bah ! Qui aimerait être une Flynn, de toute façon ?

Sara se mit à rire et serra le bras de Jen.

— Jen, voyons, je voulais pas te fâcher ! Tu peux être sûre que j'aimerais aussi bien être autre chose qu'une Flynn, des fois. J'ai besoin d'une amie à qui parler, pas d'une ennemie.

Jen lui lança un regard furieux, puis s'exclama :

— Excuse-moi, Sara, mais je peux pas m'empêcher d'être jalouse parfois. Regarde tout ce que tu as ! Une vraie famille, une belle grande maison, et par-dessus le marché tu es super belle.

Sara écarquillait les yeux d'un air ahuri.

— Jen ! J'aurais jamais pensé que tu me voyais comme ça. Je te trouve bien plus chanceuse que moi, avec tes cheveux frisés, tes joues roses... Et puis, tu n'es pas toujours entourée de gens, tu vis dans un joli petit appartement au lieu d'une grosse maison délabrée qui a toujours besoin d'être réparée !

Les deux amies se regardèrent un moment et éclatèrent de rire. Sara prit la main de Jen.

— Malgré tout, on n'échangerait pas ni l'une ni l'autre, hein ?

— Certainement pas. Toi, tu es toi et moi, je suis moi ! répondit Jen en lui serrant la main. Et on va toujours rester amies, peu importe les chicanes !

Les parents de Sara revinrent de Toronto dans la soirée. Laura Flynn était aux anges. Elle serrait sa fille dans ses bras tout en racontant son voyage d'un ton très enthousiaste :

— Oh, Sara ! L'exposition est une vraie réussite ! Déjà quatre tableaux de vendus ! Qui sait ? J'en aurai peut-être vendu d'autres la semaine prochaine, quand on y retournera. Enfin, on va pouvoir prendre des vacances !

— Ou peindre la maison, ajouta monsieur Flynn en déposant les valises dans la cuisine. Sara, comment vous êtes-vous débrouillés sans nous ? As-tu baptisé ton chat ?

Le chaton blanc se frottait contre ses chevilles en signe de bienvenue. Sara prit la petite boule de fourrure dans ses bras et la colla dans le creux de son cou.

— On s'est très bien débrouillés sans

vous, papa, et non, je n'ai pas encore baptisé le minet. Il est tellement mignon que j'ai de la difficulté à trouver un nom digne de lui.

— Qu'est-ce que tu m'as apporté, papa? demanda Simon, fouillant dans les valises pour trouver son cadeau.

— Rien, Simon, un beau petit rien du tout. Ne sois pas si rapace. Tiens, si les valises t'intéressent tant, que dirais-tu d'aller les porter en haut?

Simon se redressa aussitôt, sous l'œil amusé de son père.

— Rapace? Qu'est-ce que c'est? cria-t-il d'une petite voix aiguë.

— Cherche dans le dictionnaire! C'est justement fait pour ça, répondit Sara d'un ton espiègle.

— Cherche-le toi-même, Sara Flynn. Moi, je suis l'homme à tout faire ici.

Il traîna les valises jusqu'au pied de l'escalier avec l'air de celui qui se croit victime d'une grande injustice.

La famille soupa plus tard ce soir-là, et ils restèrent longtemps à table à bavarder sur le voyage et les détails de l'exposition. Lorsque Sara se glissa enfin dans son lit, il était déjà très tard. La randonnée à bicyclette et l'excitation du retour de voyage l'avaient épuisée:

elle s'endormit aussitôt, sans penser une seconde à la diligence ou à la dame en robe jaune.

La première fois que les tintements de clochettes la réveillèrent, elle voulut les ignorer et remonta ses couvertures par-dessus ses oreilles. Le bruit se fit plus insistant, et la chambre se refroidit peu à peu. Finalement, Sara fut quand même tirée de son sommeil par un grondement rauque.

Elle aperçut son chat au pied du lit. Les oreilles tirées vers l'arrière, le dos rond, il fixait la fenêtre illuminée en grognant comme un petit tigre.

Fascinée, Sara rampa jusqu'au pied du lit. Elle s'agrippait si fermement à la colonne du lit que ses doigts lui faisaient mal. La scène qui prenait forme sous ses yeux retenait cependant toute son attention.

Comme les autres fois, la diligence émergea du brouillard. Le cocher cria « Ho ! Holà ! », et les passagers sortirent de la voiture. La femme en manteau bleu fut la dernière à descendre. Elle s'arrêta et leva les yeux vers la maison. Tous les passagers commencèrent alors à gravir la colline pendant que le cocher exhortait les chevaux à aller de l'avant. Soulagées de leur fardeau, les bêtes avançaient au trot, faisant tinter leurs clochettes de harnais. Le regard de Sara était rivé sur la dame. Elle marchait lentement, aidée de l'homme en noir. Puis, l'homme s'arrêta pour parler avec les autres passagers, et la dame s'écarta de la route. Elle se pencha jusqu'à toucher l'herbe. Visiblement épuisée, elle appuya sa tête contre le muret de pierres.

L'image devint floue et se fondit dans la brume. Sara se retrouva plongée dans l'obscurité, les yeux fixés sur une fenêtre sombre. Le chat s'était calmé. Elle se glissa sous ses couvertures chaudes et sombra dans un sommeil lourd et agité.

Lorsqu'elle se réveilla le lendemain matin, tous les détails de la scène étaient imprimés dans sa mémoire. Nerveuse et tendue, elle enfila un jeans et un coton ouaté et jeta un coup d'œil à la vieille route de la diligence. Elle avait été, pendant des années, le théâtre de leurs jeux les plus amusants : les parties de cache-cache dans les buissons, les courses le long du muret de pierres, les descentes folles en toboggan. Depuis ses premiers jours d'école, Sara descendait et montait l'abrupte colline matin et soir, et rien ne s'était jamais produit.

Voilà que la route prenait maintenant une nouvelle dimension, non pas effrayante mais plutôt mystérieuse. Et puis, il y avait aussi sa chambre. Sara grelottait toujours dans sa chambre, mais personne ne semblait s'en apercevoir. Toutes les fois qu'elle y entrait, elle se sentait comme une étrangère à l'hôtel. Et pourtant, c'est là qu'étaient réunis tous ses objets personnels. Elle promena ses doigts sur la fenêtre, traçant des lignes de haut en bas. C'était une fenêtre bien ordinaire, mais pourquoi s'éclairait-elle d'une étrange lueur lorsque Sara se réveillait en pleine nuit ?

Et pourquoi sa chambre sentait-elle la lavande, même quand super mamie n'y était pas ? C'était peut-être l'odeur du savon à lessive, ou encore celle d'un sachet de fleurs séchées que sa mère aurait glissé entre les draps de l'armoire à linge. Non, sa mère était plutôt du genre à voir la lavande comme une couleur, pas comme une plante aromatique. Tout cela agaçait Sara ; elle aurait préféré ne pas être mêlée à une telle histoire.

Démêlant ses cheveux d'un grand coup de brosse, elle se dirigea vers la porte. Avant de sortir, elle se retourna et balaya la chambre d'un regard hostile.

— Laisse-moi tranquille, Sara Isabella ! lança-t-elle d'une voix furieuse avant de claquer la porte.

« C'est rendu que je parle toute seule, maintenant, songea Sara. Je suis peut-être en train de devenir folle. » Elle descendit l'escalier à pas lourds, laissant glisser sa main sur la rampe. Elle ne se sentait pas d'humeur à déjeuner au milieu du brouhaha familial. S'il fallait que quelqu'un lui pose une seule question stupide, elle allait exploser !

Ils étaient tous attablés — à jacasser pour rien, encore. Sara restait sur le seuil de la porte, peu encline à aller s'asseoir avec eux, quand soudain sa mère s'exclama :

— Bonjour Sara ! Tu as de grands cernes bleus sous les yeux. As-tu passé la moitié de la nuit à lire, encore ?

C'en était déjà trop. Toutes les peurs et les frustrations lui remontèrent à la gorge. Sara fondit en larmes et sanglota bruyamment.

Son père vint aussitôt à ses côtés, la serrant dans ses bras en lui caressant les cheveux.

— Ça va, ça va, ma chérie, dis-nous ce qui t'arrive, murmurait-il pour l'apaiser.

Consolée par la présence rassurante de son père, blottie contre lui comme une toute petite fille, Sara se vida le cœur d'une voix entrecoupée de sanglots. Elle raconta tout : les tintements de clochettes, la fenêtre illuminée, les visions nocturnes, le parfum de lavande, l'écriteau de bois et la dame en robe jaune.

Quand elle eut enfin terminé, elle leva la tête de l'épaule de son père. Tous la fixaient d'un air hébété, muets de stupéfaction.

Sara se remit à pleurer.

— Arrêtez de me regarder comme ça. Je suis pas une extra-terrestre !

Sara n'oublia jamais ce matin-là. C'était comme si elle venait d'ouvrir les vannes, comme si elle s'était délestée d'une lourde charge. Tout le monde parlait en même temps, dans la confusion générale.

Sa mère, très inquiète, suggérait de prendre des vacances au plus tôt. Elle conclut que Sara avait travaillé trop fort à l'école. Simon pouffa de rire, et Sara, malgré son piteux état, dut elle aussi réprimer une envie de rire. L'épuisement par l'étude... Elle n'aurait jamais pensé à cette explication!

Simon explosait d'enthousiasme, dansant autour de sa sœur et demandant toujours plus de détails. Il lui offrit même son aide pour tendre des «pièges à fantômes». Son père lui fit signe de se taire et dit à Sara qu'elle ne devait plus s'en faire.

Seule super mamie demeurait imperturbable. Elle se versa calmement une autre tasse de café et lança des regards triomphants à son petit-fils.

— Je t'avais bien dit, James, qu'il y avait des forces invisibles à l'œuvre dans cette maison. Peut-être qu'à l'avenir, on daignera écouter la vieille femme que je suis.

James Flynn, encore sceptique, prit un air contrarié :

— Et qu'est-ce que ces forces, si toutefois elles existent, pourraient bien nous vouloir, grand-mère ? Je n'aime pas voir ma fille bouleversée de la sorte.

Ils attendaient tous impatiemment la réponse de super mamie. Elle but deux petites gorgées de café, puis pressa délicatement sa serviette de table sur ses lèvres.

— Je crois qu'il y a ici un message à décoder, un message important qui concerne la famille Flynn.

Elle les regardait un à un de son regard bleu glacial.

— Mais pourquoi Sara en particulier? insista madame Flynn.

— Eh bien, elle ressemble à la première Sara Isabella, qui est la dame de ses visions, si je ne m'abuse. De plus, elle a emménagé dans la chambre de son ancêtre. Elle n'avait pas ce genre de visions avant de déménager en haut.

— Non, mais j'entendais des bruits, interrompit vivement Sara, qui se sentait de mieux en mieux depuis qu'elle avait pleuré. J'ai entendu les clochettes dans l'autre chambre aussi, la veille de mon anniversaire. Tu te rappelles, papa ?

— C'est exact, Sara, je m'en souviens. Mais moi aussi, je les ai entendues, et aucune femme en robe de satin jaune ne m'a rendu visite pour autant. Et Simon aussi les entendra sans aucun doute, un jour.

— C'est vrai, papa ? Moi aussi ? Quand ?

Simon trépignait de joie.

— Patiente un peu, Simon, attends ton tour, suggéra son père pour le tranquilliser.

— Pour l'instant, qu'allons-nous faire ? lui demanda sa femme. Nous ne pouvons pas laisser aller les choses ainsi. Sara continuerait d'être tourmentée par les spectres. Je crois que je vais l'emmener en vacances pour qu'elle se repose un peu. Qu'en penses-tu, Sara ?

Elle prit la main de sa fille et continua de réfléchir à voix haute :

— Je vais téléphoner au directeur de ton école pour lui expliquer que tu seras de retour dans une semaine. On ira à Toronto, on pourrait même aller chez ma cousine Anne.

On pourrait faire du magasinage, et tu viendrais voir mon exposition. Qu'est-ce que tu en dis, Sara?

« Elle a peur pour moi », pensa Sara. Ouvrant la bouche pour accepter la proposition, elle fut interrompue par la voix grave de super mamie.

— Ou alors, tu peux rester ici jusqu'à ce que lumière soit faite, c'est-à-dire jusqu'à ce que tu aies compris le message. Je suis certaine que tu ne cours aucun risque, Sara. As-tu eu peur lorsque tu as assisté à ces événements singuliers?

Sara détourna ses regards pour éviter de voir le visage implorant de sa mère.

— Non, pas vraiment peur... Peut-être un petit peu, mais j'étais surtout intriguée et surprise.

Son père leva sa main et se tourna vers Sara.

— Cessons les discussions. C'est à toi de décider, Sara. Tu peux partir avec ta mère et, dans ce cas, tu ne seras sans doute plus troublée par ces manifestations. Ou tu peux rester ici et voir jusqu'où cela te mènera, si jamais cela mène quelque part. Je ne pense pas, moi non plus, qu'il y ait un danger pour toi. C'est à toi de décider.

— Allez, reste ! Te dégonfle pas, Sara, dit Simon. Moi, je prends pour super mamie.

Il entoura la vieille dame de son bras. Pour une fois, super mamie ne prêta pas attention à Simon : elle fixait Sara, l'exhortant du regard à rester.

Sara se demandait si elle était assez brave pour relever le défi. Sa mère détestait les complications et les tracasseries. Partir était la solution facile. Mais elle devrait revenir de toute façon, et alors peut-être que tout recommencerait de nouveau. Et si les apparitions ne se reproduisaient plus à son retour, elle se demanderait toujours ce qui serait arrivé si elle était restée. Maintenant qu'elle en avait parlé, cette histoire ne lui semblait plus si effrayante.

Son père la regardait, lui aussi, mais il ne cherchait pas à l'influencer. Son regard semblait vouloir dire, tout simplement : nous t'appuierons, peu importe ton choix.

— Je vais rester.

Sara s'entendit dire ces mots avant même qu'elle se soit décidée. Simon poussa un cri de joie, super mamie renversa la tête en arrière en signe de victoire, et Laura Flynn secoua la tête d'un air triste.

« C'est étrange, pensa Sara, c'est la deuxième fois que je dis quelque chose sans avoir vraiment décidé de le dire. C'est comme si quelqu'un avait mis ces mots dans ma bouche. »

À partir de ce jour-là, la chambre de Sara commença à prendre des airs de terminus. Sara tombait toujours sur quelqu'un en entrant dans la pièce. Évidemment, Simon hantait les lieux. Jen, de son côté, inventait mille excuses pour monter à sa chambre. Seule Laura Flynn se refusait à y entrer.

Sara y trouva même son père un après-midi, qui regardait la vieille route par la fenêtre.

— Aucune vibration particulière, papa? taquina-t-elle. Je pense à imposer des frais d'entrée. Je pourrais devenir riche.

Il avait l'air penaud.

— Sérieusement, cette chambre a quelque chose de bizarre. Es-tu sûre que tu veux aller jusqu'au bout de cette affaire? Il n'est pas trop tard pour changer d'idée, tu sais.

— Mais oui, je suis sûre, dit-elle en riant. D'ailleurs, il ne se passe plus rien.

Déclinant les offres généreuses des membres de sa famille, qui lui proposaient tour à tour de passer la nuit dans sa chambre, Sara se couchait chaque soir dans l'attente d'une nouvelle apparition. En vain.

Elle tentait de rester éveillée, espérant voir la fenêtre changer d'aspect et la diligence apparaître ; mais elle finissait toujours par s'endormir, en dépit de tous ses efforts pour provoquer un événement. Chaque matin, elle se réveillait avec un sentiment de déception.

Jen eut alors une bonne idée.

— Tu essaies trop, Sara. Relaxe-toi et pense à autre chose. C'est comme quand on essaie de retrouver un mot ou un nom. On dirait que plus on essaie, moins on le trouve. Arrête d'essayer, et ça va peut-être revenir tout seul.

Sara suivit le conseil de Jen et se concentra plutôt sur l'école et les cours de ballet. La famille abandonna ses incursions dans la chambre de Sara, surtout après que super mamie eut dit que le message était pour Sara seule. Les « visiteurs », expliqua-t-elle, attendaient probablement que la chambre ne soit plus encombrée de curieux pour retourner voir Sara.

Un jour de pluie et d'orages, Sara arriva de l'école et trouva super mamie dans la cuisine, en train de préparer du chocolat chaud. Elle l'invita à venir dans sa chambre pour boire un bon chocolat chaud près du feu. Sara se cala dans un fauteuil et étendit ses jambes vers le foyer, regardant le feu crépiter.

Évitant soigneusement de lever les yeux vers le portrait de Sara Isabella, elle était toutefois consciente de sa présence.

Sara s'amusait à pousser du bout de l'index les miniguimauves flottant dans sa tasse, lorsque super mamie lui tendit une mince feuille de papier jaunie. L'écriture était tremblée et légèrement effacée. Sara avait vu des lettres au musée et elle savait que celle-là était très vieille.

Le seul fait de toucher à la lettre lui donnait des picotements aux doigts. Elle sentait, par le frisson qui lui secouait le dos, qu'il s'agissait d'un papier important. Elle tâcha de le lire, mais l'écriture au style ancien et l'encre effacée par endroits eurent raison de ses efforts. Elle ne pouvait presque rien déchiffrer, sauf *ma chère cousine*, *église* et *perles*.

Sara secoua la tête.

— J'arrive pas à lire, arrière-grand-mère. Qu'est-ce qui est écrit ?

Super mamie s'impatientait.

— Redonne-la-moi, alors.

Rajustant ses lunettes et s'appuyant sur son dossier, elle commença à lire. Sara ferma les yeux et écouta, comme dans un rêve. Elle imaginait Sara Isabella dans sa robe jaune, griffonnant les mots avec une plume d'oie, à la lumière d'une chandelle. Elle s'était peut-être même assise à la coiffeuse de sa chambre pour écrire cette lettre.

Lorsque super mamie cessa de parler, Sara revint brusquement au moment présent.

— Mais qu'est-ce qu'elle veut dire ?

— Ne sois pas si bête, Sara. On croirait que tu n'as pas écouté un seul mot. Souviens-toi de ce que je t'ai dit : Sara Isabella a caché les perles de façon à ce que son mari ne puisse pas les vendre pour rembourser ses dettes. Elle est morte peu après, sans que personne sache où elles étaient. Elles doivent être cachées dans la maison ou aux alentours. Et nous, nous allons les retrouver, Sara, grâce à toi ! Quelle victoire ce sera ! Les perles de la famille Flynn. Elles doivent valoir des milliers de dollars !

Les yeux de super mamie étincelaient de joie et elle tenait sa tasse de chocolat d'une main tremblante. Elle porta l'autre main à sa gorge et se tourna vers le portrait pour admirer le collier.

Sara observait son arrière-grand-mère d'un air pensif. Elle commençait à entrevoir la vérité : elle comprenait maintenant pourquoi super mamie avait tant insisté pour revenir habiter l'ancienne demeure. Ce n'était pas pour briser sa solitude ou par amour de la famille. Non, c'était pour retrouver les perles. Après le décès de sa cousine, super mamie avait trouvé la vieille lettre et avait décidé de revenir dans ce seul but. Ce n'était pas étonnant qu'elle ait semblé si curieuse au sujet des visions de Sara. Ses plans se voyaient ainsi confirmés. Si jamais les perles étaient retrouvées, elle quitterait probablement la maison.

Sara se sentait un peu triste. Elle commençait à s'attacher à son arrière-grand-mère et aurait voulu que super mamie l'aime également.

Cette nuit-là, Sara se réveilla aussitôt que les clochettes de harnais se mirent à tinter. Tirant sa courtepointe jusqu'au menton, elle se glissa vers le pied du lit et, encore un peu endormie, regarda par la fenêtre éclairée.

Comme une reprise à la télévision, toute la scène se répétait sous ses yeux: la diligence émergeant du brouillard, le cri du cocher, l'apparition des passagers, la dame en manteau bleu qui regarde la maison et commence à gravir la pente, l'homme s'arrêtant pour parler tandis que sa femme s'assoit près du muret.

Le visage immobile de la femme s'enveloppa de volutes brumeuses. Hypnotisée, Sara s'efforçait de distinguer la silhouette.

Elle *devait* en savoir plus !

Après avoir fouillé dans son manteau pour trouver quelque chose, la dame se tourna vers le muret. Puis l'image se brouilla et la vieille route redevint déserte sous le clair de lune.

Sara resta appuyée contre la colonne de noyer pendant quelques secondes, puis s'effondra dans son lit parfumé de lavande.

Dès qu'elle ouvrit les yeux le lendemain matin, elle comprit ce que Sara Isabella avait tenté de lui dire. Elle savait enfin où se cachaient les perles !

Sara brûlait d'annoncer la nouvelle à sa famille. Elle descendit l'escalier quatre à quatre en pyjama, les cheveux virevoltant dans les airs.

— Il est dans le mur, super mamie ! Dans le mur !

Tous se retournèrent, interloqués.

— Mais de quoi parles-tu, fillette ? Et quelle façon de te présenter à table ! Va te brosser les cheveux et habille-toi convenablement.

Sur ce, la vieille dame continua de manger sa rôtie.

— Je parle des perles ! Le collier de perles ! s'écria Sara d'une voix fébrile.

La réaction ne se fit pas attendre. Une cacophonie s'éleva de la table, mêlant toutes les voix de la famille :

— Comment le sais-tu ?

— Qu'est-ce que tu as vu ?

— Quand est-ce arrivé ?

La voix grave de super mamie dominait dans ce concert. Sa question, comme d'habitude, allait droit au but :

— Quel mur, Sara ?

— Le petit mur de pierres, celui qui borde la vieille route de la diligence. J'ai vu la dame cette nuit. Elle était assise près du mur. Qu'est-ce qu'elle faisait là, sinon cacher son collier ?

— Oui, en effet, murmura super mamie. L'as-tu vraiment vue cacher le collier dans le muret de pierres ?

— Euh... non, admit Sara, mais je suis sûre que c'est ce qu'elle a fait. On dirait que je le sens.

Son père se leva de table.

— Si tu le sens, c'est déjà un bon indice. Allons voir sur place.

Ils sortirent tous en groupe, dans le matin froid et ensoleillé. Sara avait jeté sur ses épaules un vieux manteau de ski, mais elle sentait tout de même le vent froid qui faisait claquer les branches de vigne contre le vieux muret.

— Bon, un peu de méthode, ordonna James Flynn. Nous allons nous diviser la tâche. Sara, commence en bas de la route. Simon et grand-mère, occupez-vous de l'autre bout ; moi et Laura examinerons la partie du milieu. Vérifiez chaque fissure, retirez chaque pierre branlante. Mais n'abattez pas toute la structure, précisa-t-il en regardant Simon s'attaquer à sa partie. Le muret est déjà en piètre état, il ne faudrait pas qu'on aggrave son cas.

Sara descendit la colline en bondissant, ses longs cheveux bruns gonflés par la brise. L'excitation montait en elle, à un point tel que son cœur battait la chamade. Elle se mit au travail les mains tremblantes. La grande course au trésor était commencée !

Jen rejoignit bientôt la famille. Elle avait trouvé la porte de la maison grande ouverte et la table de cuisine couverte de nourriture à peine entamée.

— J'avais l'impression d'être Boucles d'Or, dit-elle d'un ton plaintif en se joignant à l'équipe.

Une heure plus tard, ils rentraient à la maison les mains vides, déçus, grelottants et tout sales. La recherche n'avait pas porté fruit.

— Vous faites un beau tableau, commenta Jen, surtout super mamie avec ses gants de jardinage.

— Nous aurions tous dû porter des gants, dit Laura Flynn en frottant ses mains égratignées.

Ils s'assirent à table, la mine basse, regardant les rôties froides et les céréales ramollies.

Simon brisa le silence d'une voix tonitruante :

— J'ai une idée ! Je vais avertir tous mes amis et on va recommencer les recherches dans le temps de le dire. Et on pourrait même offrir une récompense à celui qui trouvera les perles !

Super mamie lui lança un regard horrifié, et les deux jeunes filles le prirent chacune par un bras. Sara s'approcha à deux centimètres de son visage et lui souffla :

— Que je te voie parler du collier à qui que ce soit !

— Motus et bouche cousue ! ajouta Jen en lui serrant le bras. Sinon, tu vas le regretter !

— Tout à fait, commenta monsieur Flynn. Ceci est une affaire de famille et ne doit en aucun cas sortir de la maison. Excepté pour Jen, bien sûr, qui fait un peu partie de la famille de toute façon.

Il lança un sourire affectueux à Jen, qui

leva vers lui un visage épanoui. Plus tard, Jen dit à Sara que certains pères n'étaient pas si méchants, après tout.

— On pourrait acheter de la dynamite et faire sauter le mur, suggéra Simon, déterminé à ne pas se taire.

— Et faire sauter les perles avec, gronda super mamie d'un ton sévère.

Simon parut froissé. C'était la première fois qu'il se faisait rabrouer par super mamie.

— Sara, je ne veux pas te décourager, mais tu ne dois pas prendre cette affaire trop à cœur, dit son père. Même si les perles avaient bel et bien été cachées dans le muret de pierres, il se peut que des enfants les aient trouvées, ou encore des vagabonds qui n'avaient aucune idée de leur valeur. Il ne faudrait pas que tu en fasses une obsession personnelle. Peut-être même que les perles se sont désintégrées avec le temps.

— Dé-sin-té-grées, dé-sin-té-grées, prononça Simon. Où est le dictionnaire?

— C'est impossible, James, dit super mamie en pinçant les lèvres. Les perles sont cachées, c'est à nous de les trouver. J'en suis certaine, sinon Sara n'aurait pas reçu de tels messages. Ce n'est qu'une question de patience et de persévérance. Elles sont peut-être dans le mur de la chambre, après tout.

Son petit-fils secoua la tête.

— Je n'ai pas l'intention de faire abattre ce mur. Je n'en ai pas les moyens.

— Il va sans dire que les perles, une fois retrouvées, vaudraient beaucoup d'argent, ajouta super mamie.

— Je ne peux pas courir ce risque, dit-il. Bon ! Revenons à nos moutons. J'ai du travail qui m'attend.

Il quitta la cuisine, suivi de Laura puis de super mamie. Comme s'ils étaient poussés par une force invisible, Simon, Sara et Jen retournèrent à la vieille route. Ils tassaient les pierres du bout du pied et scrutaient la base du muret. Mais l'enthousiasme n'y était plus, et ils abandonnèrent vite leurs recherches.

La vie reprit son cours régulier chez les Flynn. Chaque matin, Sara descendait la vieille route pour aller prendre son autobus, examinant au passage les pierres du muret. Chaque soir, elle se couchait en espérant recevoir un indice de la dame au manteau bleu.

Elle se mit à hanter la chambre de super mamie, regardant le portrait comme si elle attendait que le visage peint lui murmure un message. Sara Isabella lui retournait son regard avec le même sourire triste et doux. Ses perles brillaient toujours du même éclat, tel un trésor inaccessible.

Frustrée et irritable, Sara marmonna à Jen qu'elle se demandait bien à quoi avaient servi toutes ces apparitions si elles ne menaient nulle part.

Après avoir réfléchi un instant, Jen lui répondit :

— Je crois, Sara, que la dame t'a donné tous les indices qu'elle pouvait te donner. Maintenant, c'est à ton tour de l'aider en te creusant la tête.

— Jen a raison, dit super mamie contre toute attente.

Elle était en train de lire dans le salon pendant que les deux filles, assises dans l'escalier, essayaient le nouveau vernis à ongles de Jen.

— Tu as été choisie comme interprète du message, Sara, mais tu dois faire ta part, poursuivit super mamie.

Ce soir-là, Sara monta à sa chambre avec la lettre de son ancêtre. Assise près de la fenêtre, elle en étudia attentivement le contenu, mais l'inspiration ne vint pas. Repliant délicatement le papier, elle le glissa sous son oreiller et se mit au lit.

Le lendemain, Sara se leva du mauvais pied et traîna son humeur grognonne jusque dans la cuisine. Elle laissa brûler sa rôtie et se fâcha contre Simon parce qu'il voulait lui emprunter sa radio. Par-dessus le marché, on sonnait à la porte et personne n'allait répondre. Finalement, énervée par le son persistant du carillon, elle se précipita à la porte et l'ouvrit d'un grand geste emporté.

Son visage changea de couleur lorsqu'elle aperçut devant elle sa professeure.

— Ah ! Oh ! Euh... Bonjour mademoiselle Bennett, bredouilla-t-elle.

— Bonjour Sara. Je commençais à croire que je m'étais trompée de maison. Ta mère m'a demandé de venir poser pour elle aujourd'hui. Puis-je entrer ?

Sara s'écarta aussitôt de son chemin.

— Mais oui, bien sûr, excusez-moi. Je vais vous conduire au studio.

Elle espérait que sa mère était là et qu'elle n'avait pas oublié le rendez-vous. À son grand soulagement, mademoiselle Bennett était attendue. Sara sortit du studio quand elles commencèrent à discuter des poses. L'idée lui effleura l'esprit de téléphoner à Jen pour rigoler de mademoiselle Bennett en train de poser, mais elle était trop grincheuse même pour rigoler.

D'un air morose, elle regardait par la fenêtre les nuages gris qui couraient dans le ciel. Elle décida de se donner une dernière chance dans sa recherche du collier. Et si la tentative échouait, alors au diable les perles! Ce n'étaient que de vieilles perles, après tout...

Emportant avec elle une grande cape de laine à carreaux, Sara se dirigea vers le bas de la colline. Le vent fouettait le lourd tissu dont elle s'était enroulée, et elle n'arrêtait pas de gesticuler pour tenir sa cape fermée. Elle se demandait comment les femmes pouvaient bien se débrouiller avec leurs vêtements dans l'ancien temps. Elle décida de se rendre directement au bas de la colline et de refaire tous les gestes qu'elle avait vus de sa fenêtre la nuit passée.

Elle descendit la vieille route en évitant délibérément de regarder le muret. Une fois rendue en bas, elle fit demi-tour et, les yeux levés vers la maison, entreprit de gravir lentement la pente. Tenant les plis de sa cape serrés contre elle, elle s'imaginait qu'elle était dans une diligence, avançant sur une route cahoteuse.

Lorsque la colline devint plus abrupte, elle s'arrêta et ferma les yeux. Elle s'attendait presque à entendre le « Ho ! Holà ! » du cocher, mais seul le vent bruissait dans le sous-bois. Elle fit semblant de descendre de la diligence et poursuivit la montée à pas lents. Elle s'imagina même s'appuyer sur le bras de la grande silhouette noire.

« La pauvre dame, songea Sara, comme elle devait être triste : presque arrivée chez elle, elle savait qu'une fois dans la maison, son mari prendrait le collier. Elle ne le reverrait plus jamais. »

Sara s'arrêta brusquement. Elle avait entendu quelque chose. Le timbre cuivré d'une cloche d'église retentissait au loin. Une phrase de la lettre lui revint alors à l'esprit : « L'église sera mon guide. »

Sara eut un éclair de génie. Se pouvait-il que Sara Isabella ait voulu dire qu'elle se servirait de l'église comme point de repère ? Super mamie lui avait expliqué que cette phrase signifiait que Sara Isabella mettait sa foi en Dieu. Mais elle voulait peut-être dire tout autre chose ! Sara frémissait d'enthousiasme.

Elle regarda à sa gauche, en direction de la ville. Le clocher de l'église était à peine visible au-dessus de la cime des arbres. Quelle déception ! Ce n'était donc pas la bonne piste... Et pourquoi pas ? Il n'y avait pas d'arbres qui bloquaient la vue à cette époque!

Les yeux fixés sur le clocher, Sara avança lentement jusqu'à ce qu'elle soit exactement vis-à-vis de l'église. Puis elle se fraya tant bien que mal un passage à travers les buissons, en ligne droite jusqu'au muret de pierres. S'agissait-il de l'endroit où Sara Isabella s'était appuyé la tête?

Sara se mit à scruter fiévreusement le vieux mur, tâtant de ses doigts glacés la surface rugueuse des pierres. Tout à coup, elle toucha une pierre branlante. C'était du granit noir, couvert de lichen et de branches de vigne.

Elle prit un bâton et donna de petits coups secs tout autour de la pierre pour la déloger. Au bout d'un moment, la pierre commença à osciller. Frappant de toutes ses forces, elle reçut une pluie de terre humide et de cailloux sur les bras. Elle secoua son manteau et se remit à la tâche. Enfin, elle réussit à dégager un peu la masse de granit, suffisamment du moins pour glisser ses doigts de chaque côté.

Sara s'agenouilla devant le muret, essoufflée d'avoir tant forcé. Ses écorchures aux doigts la faisaient gémir de douleur. Prenant une bonne inspiration, elle tira d'un coup sec.

La pierre céda, et Sara tomba sur le derrière.

Déposant le morceau de granit au sol, Sara se releva pour regarder à l'intérieur de la profonde cavité. Mais il n'y avait pas assez de lumière et elle ne voyait rien. Elle glissa prudemment sa petite main dans le trou noir. Remuant ses doigts contre les parois, elle sentit quelque chose de froid et visqueux. Pouah ! Venait-elle de toucher un affreux crapaud mort ?

Serrant les lèvres, elle introduisit de nouveau sa main et se força à saisir la chose gluante. Elle la retira vite du trou et la déposa aussitôt par terre, ne pouvant supporter plus longtemps la sensation dégoûtante. Intriguée, elle frappa l'objet d'un petit coup de bâton. Elle vit alors quelque chose de brillant.

Son cœur s'arrêta de battre une seconde, et elle poussa un cri de joie. Là, sous ses yeux, parmi des morceaux de cuir moisi et des lambeaux de soie, s'étalaient des petits bouts de fil et un tas de perles !

Elle n'avait donc pas imaginé toute cette histoire, pensa-t-elle en exultant. Depuis des années et des années, les perles étaient restées enfouies sous les pierres, attendant qu'on les découvre. Sara, Jen et Simon étaient passés devant des milliers de fois, sans se douter de ce qui se cachait là, tout près d'eux.

Assise par terre, plongée dans une rêverie confuse, Sara entendit un tintement de clochettes. Elle se figea, paralysée d'effroi à l'idée de ce qu'elle pourrait voir.

Le cœur battant, elle tourna légèrement la tête et aperçut un homme à cheval qui s'avançait droit vers elle. Elle poussa un ouf de soulagement en reconnaissant monsieur Martin et Ramona. « Ce que je peux être stupide parfois ! Je vois des fantômes partout ! »

Le cavalier jeta un regard curieux sur ce que Sara tenait dans ses mains. D'instinct, elle cacha le trésor sous sa cape.

— Tiens ! Qu'est-ce que tu as trouvé là, Sara ? J'ai remarqué que vous avez fouillé autour du vieux mur dernièrement. Je vous avertis que si vous trouvez quoi que ce soit ici, cela m'appartient. Cette partie de la colline est à moi, tu sais.

Sara se mit à paniquer. Tout ce qu'elle savait, c'était qu'elle devait se sauver immédiatement. Elle n'avait aucunement l'intention de se départir de sa trouvaille. Repliant un pan de sa cape sur les perles, elle courut à toutes jambes jusqu'en haut de la colline et ne s'arrêta qu'une fois arrivée à la maison.

Ils étaient tous réunis dans le salon. Les cris de Sara avaient fait sortir son père de son bureau, super mamie de sa chambre et Laura Flynn de son studio. Même Simon, hypnotisé devant la télévision, avait été tiré de son divan en se rendant compte qu'il se passait dans la maison quelque chose de plus excitant que ses dessins animés.

Le père de Sara s'empressa de la délester de son précieux paquet. Les vestiges du sac de cuir, les lambeaux de soie, les bouts de fil, les perles, tout était étalé sur la petite table du salon.

La famille contemplait en silence le merveilleux bijou, quand tout à coup on sonna à la porte.

Sara sursauta de frayeur. Elle savait que c'était monsieur Martin.

Son père alla ouvrir. Il parla quelques instants avec son voisin sur le seuil de la porte, puis le laissa entrer voir ce qu'avait trouvé Sara.

Trop fatiguée pour parler ou bouger, Sara comprenait à peine les discussions qui tourbillonnaient autour d'elle. Elle se blottit dans un coin du divan, les pans de la grande cape serrés contre elle.

Elle pensait à Sara Isabella qui, un certain jour, s'était empressée d'envelopper son collier dans une écharpe et avait glissé le tout dans un petit sac de cuir. Aussitôt qu'elle avait vu son mari se tourner vers les autres passagers, elle s'était dépêchée de dissimuler les perles derrière une pierre du muret. Elle avait prévu les récupérer plus tard (c'était écrit, à demi-mot, dans la lettre à sa cousine) mais elle ne savait pas qu'elle mourrait peu après. Sara Isabella avait même tenté de révéler son secret sur son lit de mort, divaguant à propos d'un mur.

Et voilà que tous ses efforts, de même que ceux de Sara, allaient se trouver anéantis. Monsieur Martin réclamerait les perles.

Les accents furieux de super mamie secouèrent Sara de sa léthargie.

— Ces perles appartiennent à la famille Flynn, monsieur, et il n'est pas question de vous les donner. C'est une Flynn qui les a cachées. C'est une Flynn qui les a trouvées.

Et toute la propriété appartenait aux Flynn. Ce n'est qu'une malchance qui a forcé la famille à vendre le terrain à des étrangers !

Elle avait prononcé le mot « étrangers » en grimaçant, comme s'il s'agissait d'une injure. Monsieur Martin recula d'un pas sous le regard enflammé de la vieille dame.

— Madame, je comprends votre sentiment, mais je crois bien que, selon la loi, tout ce qui est trouvé sur ma propriété m'appartient automatiquement. Cependant...

Il fit un autre pas en arrière, intimidé par le regard toujours plus enragé de super mamie.

— Cependant, je suis prêt à reconsidérer ma position si vous pouvez me prouver que les perles ont été cachées à l'époque où les Flynn possédaient le terrain.

— Rien de plus facile à prouver ! hurla super mamie de sa voix rauque. J'ai une lettre écrite de la main de Sara Isabella, dans laquelle elle dit qu'elle a caché les perles, et cette lettre est datée. Et vous pouvez aussi voir son portrait, avec ces mêmes perles à son cou !

— Dans ce cas, Madame, dit monsieur Martin en lui faisant une petite révérence cérémonieuse, il suffit de me montrer le portrait, de me fournir la lettre, et les perles sont à vous !

Conduit dans la chambre de super mamie, monsieur Martin examina le tableau, se retourna pour regarder Sara, jeta un autre coup d'œil au portrait et acquiesça de la tête.

— Bon, et la lettre maintenant ? dit-il à la vieille femme qui le fustigeait encore du regard.

Elle s'approcha de sa commode et fouilla dans un tiroir, puis dans un autre et encore un autre. Le silence devenait de plus en plus lourd, et chacun commençait à donner des signes d'impatience. Super mamie se tourna alors vers eux, le visage livide. Elle avait perdu son regard méprisant et paraissait soudainement très fragile.

— James, je ne la trouve pas. La lettre n'est plus là !

Le cœur de Sara plongea à pic pour atteindre le fond de ses chaussures. Elle n'en pouvait plus.

La vieille dame la prit par l'épaule.

— Sara, c'est toi qui l'avais la dernière fois. Tu l'avais montée à ta chambre, dit-elle d'un ton accusateur.

— Mais je te l'ai redonnée, super mamie. Je l'avais mise sur ta petite table, protesta

Sara d'une voix faible.

Elle voyait tous ses espoirs s'effondrer.

Tout le monde se mit à chercher frénétiquement dans la chambre. Monsieur Martin s'impatientait. Il déclara qu'il devait s'en aller et que la famille Flynn recevrait bientôt des nouvelles de son avocat. Sara jeta un regard désespéré à son arrière-grand-mère. Il fallait faire quelque chose !

Comme si elle répondait au signal de Sara, super mamie se laissa tomber au sol avec une grâce toute naturelle.

James et monsieur Martin se précipitèrent pour la retenir.

— Du sherry, murmura super mamie. C'est seulement un vertige, James. Il me faut un verre de sherry.

Pendant que les deux hommes aidaient la vieille dame à s'asseoir dans un fauteuil, Laura Flynn ouvrait l'armoire à linge et en sortait un carafon de cristal taillé. Quelque chose tourbillonna jusqu'au plancher.

Sara bondit aussitôt.

— Elle est là, monsieur Martin ! C'est la lettre !

Monsieur Martin lut la lettre deux fois, salua super mamie et fit demi-tour pour s'en aller. Comme il ouvrait la porte, une femme au visage confus apparut devant eux, vêtue d'une longue robe bleue et coiffée d'un voile blanc.

— Madame Flynn, je crains de devoir partir maintenant, s'excusa-t-elle d'une voix timide. J'étais fatiguée de vous attendre dans le studio.

— Mademoiselle Bennett ! Oh, ma chérie ! s'exclama Laura Flynn en se passant nerveusement la main dans les cheveux. Je vous avais complètement oubliée. Pauvre petite !

— Franchement, maman ! dirent en chœur Sara et Simon.

Monsieur Martin lança un regard plein de pitié à monsieur Flynn, puis s'en alla.

Quelques jours plus tard, comme Sara entrait dans la cuisine pour se prendre une collation, elle trouva super mamie qui, à sa grande surprise, s'affairait autour de la cuisinière. Elle portait sur sa jupe de tweed un grand tablier blanc. La table était recouverte d'ustensiles de toutes sortes.

— Hé, super mamie ! Qu'est-ce que tu fais là ?

— D'après toi, ma petite fille ? Ne fais pas cet air étonné. Je suis capable de cuisiner, quand je veux. Je prépare un souper de fête pour ce soir. Simon va me donner un coup de main, et j'ai invité Jen. Tu es donc priée de te présenter dans la salle à manger à dix-neuf heures pile, *vêtue d'une robe* s'il te plaît.

— Oui m'dame ! dit Sara en lui faisant un petit sourire.

Elle sortit de la cuisine. Vraiment, son arrière-grand-mère était tout un numéro, songea-t-elle. Ce souper serait l'occasion idéale pour étrenner sa robe verte.

Le soir venu, lorsque l'horloge grand-père sonna dix-neuf heures, les invités de super mamie se dirigèrent vers la salle à manger.

La table, recouverte d'une nappe de dentelle, semblait sortie tout droit d'une revue de gastronomie. Des ustensiles d'argent massif et des verres de cristal brillaient à la lumière des bougies, côtoyant des assiettes de porcelaine blanche au contour doré. Au centre de la table, nichées dans une pièce décorative faite de feuilles d'automne, se trouvaient de jolies fleurs jaunes et orangées.

Jen, habillée pour la circonstance d'une jupe et d'un gilet de laine roses, entra timidement dans la pièce aux côtés de Sara. Elles étaient muettes d'admiration devant la splendeur de la table.

Les parents de Sara portaient des vêtements très élégants. Monsieur Flynn était vêtu de son plus bel habit marine, et sa femme ressemblait à une fée dans sa robe de taffetas turquoise.

Puis super mamie fit son entrée, tenant dans ses mains un grand plat de service. Sa robe en mousseline de soie était d'un gris chatoyant, de la couleur des plumes d'un pigeon. Simon la suivait de près avec un autre plat, les cheveux lissés sur le côté et les mains dépassant à peine de son veston bleu trop grand.

À la fin du délicieux repas, ils portèrent un toast à la première Sara Isabella, dont le portrait ornait maintenant un mur de la salle à manger. Sara rêvait-elle ou le sourire de son ancêtre était-il réellement moins triste à présent ?

Super mamie tendit à Sara une petite boîte de velours rouge. Elle l'ouvrit avec précaution : c'était les perles des Flynn, renfilées, qui brillaient dans un nid de satin bleu. Les yeux étincelants, les joues roses d'émotion, Sara s'exclama :

— Oh, arrière-grand-mère ! Mais ces perles sont à toi maintenant !

— Non Sara, répliqua la vieille dame d'un ton ferme. Elles sont à toi. Oh, j'avoue que je me suis comportée en vieille femme égoïste. Quand j'ai découvert la lettre de Sara Isabella chez ma cousine, j'étais déterminée à venir ici pour trouver moi-même les perles. Après tout, je suis une Flynn moi aussi. Ces perles ne devaient pas rester plus longtemps cachées, et j'avais bien l'intention de les récupérer. C'est pourquoi je suis venue ici.

Super mamie fit une pause, regardant les convives d'un air honteux. Puis elle se tourna vers son petit-fils et poursuivit :

— Mais James, quand j'ai vu que Sara ressemblait tellement au portrait, je sus alors que je ne pourrais jamais garder les perles, si je les retrouvais. Elles appartiendraient à Sara. Et puis... et puis je me suis attachée à vous tous !

Étouffant un petit sanglot, super mamie tira un mouchoir brodé de sa poche et sécha ses larmes.

Sara se jeta dans ses bras.

— Oh, super mamie, on t'aime beaucoup aussi ! Il faut que tu restes avec nous pour toujours, hein papa ?

— Bien sûr, grand-mère, restez avec nous. La maison ne serait pas la même sans vous. Et maintenant, jeune fille, voyons si les perles te vont bien.

Il passa le collier autour du cou de Sara, et toute la famille applaudit. Sara toucha les petites sphères blanches qui brillaient sur sa robe de velours vert. C'était doux comme du satin.

— J'ai pas encore compris comment toute cette histoire a pu arriver, mais c'est arrivé, dit-elle. C'est quand même difficile à comprendre.

— Ouais, dit Simon, c'est vrai que c'est plutôt bizarre.

Jen, qui était restée muette depuis un bon moment, ne put s'empêcher d'ajouter:

— Moi, ça me fait penser aux histoires qu'on est obligés de lire à l'école pour en faire un petit compte rendu bébête.

James Flynn toussota et prit sa pose de professeur.

— Cela fait partie des nombreux phénomènes qu'il est en effet difficile d'expliquer, les enfants. Certains croient aux esprits et disent qu'ils sont là pour protéger les trésors cachés. D'autres croient que ce sont plutôt des forces puissantes et invisibles, qui hantent certains endroits depuis des temps immémoriaux. Comment savoir? Quoi qu'il en soit, l'histoire est finie maintenant, et les perles des Flynn sont retrouvées. À propos, Sara, je voulais te dire que les perles seront conservées dans un coffre-fort à la banque. Elles sont beaucoup trop précieuses pour qu'on les garde ici. Quand tu auras dix-huit ans, tu pourras les reprendre.

Sara fit une moue de déception. Après tous les efforts qu'elle avait consacrés à retrouver le collier, elle ne voulait pas s'en séparer.

— Ne t'en fais pas, ma chérie, dit sa mère. Pour tes seize ans, je vais t'offrir un portrait de toi avec le collier au cou... mais pas en robe jaune.

Elle jeta un regard inquiet au tableau de Sara Isabella.

— En tout cas, Sara, j'espère que tu vas finir par donner un nom à ton chat ! s'exclama Simon sur un ton de réprimande.

La remarque fut accueillie par un éclat de rire général. Sara prit la petite boule de fourrure qui se frottait à ses chevilles en ronronnant.

— C'est déjà fait, tu sauras. Il s'appelle Rosaire.

Jen la regarda en grimaçant.

— Rosaire ? Tu parles d'un nom pour un chat ! C'est quoi le rapport ?

— Le rapport, c'est qu'il a le bout du nez rose, les oreilles roses et des petits coussins roses sous les pattes. Rose comme dans Rosaire, expliqua Sara.

— Si tu veux mon avis, tu devrais te forcer pour trouver autre chose.

Sara poussa un soupir. Même quand tout allait bien, Jen réussissait à se rendre désagréable.

— C'est toi qui vas te forcer à utiliser ton imagination, Jen. Imagine-toi à ton mariage, avec ta grande robe et mon collier au cou. Tu sais, la tradition veut qu'on porte quelque chose d'emprunté quand on se marie.

— Wow ! Sara ! Tu me le prêterais ? Youpi ! s'écria Jen en prenant son amie par le bras. J'ai déjà hâte !

À l'heure du coucher, Sara monta lentement l'escalier, lourde d'une délicieuse fatigue après cette journée haute en couleurs. Elle ouvrit la lumière et jeta un regard autour d'elle. Sa chambre lui sembla douillette pour la première fois, et il n'y faisait plus froid. Elle regarda par la fenêtre : aucune ombre mystérieuse ne hantait plus la vieille route de la diligence.

Elle enleva ses vêtements et se glissa dans son lit à baldaquin. En fermant les yeux, elle perçut un léger parfum de lavande qui semblait venir de très loin. Elle entendit de nouveau les clochettes de la diligence mais, cette fois-ci, le tintement allait en diminuant. Elle s'endormit paisiblement, avec la certitude qu'elle n'entendrait plus jamais le son des clochettes.

Table des chapitres

COLLECTION ALLI-BI

Qui a perdu les pédales?
Ann Aveling

Quand Minerve joue du piano
Claire Mackay

Le fantôme de Baggot
Jean Booker

Une lumière dans la tourmente
Eric Walters

L'Héritière des ombres
Wilma E. Alexander

Fièvre noire
Mary Blakeslee

Série Steph et Joé

Drôle d'ordures!
Linda Bailey

La frousse aux trousses
Linda Bailey

Deux lapins dans un nid de vautours
Linda Bailey

Série Megan et Ricky

Filon d'or pour un filou
Marion Crook

Flambée d'escrocs
Marion Crook

Payette & Simms inc.

Achevé d'imprimer en octobre 2002 sur les presses de
Payette & Simms inc. à Saint-Lambert (Québec)